소금이
오는
소리

이상길
소설집

"소금이 오는 소리는
우주가 열리는 소리이자 생명의 소리야"

우리네 일상을 수놓는 다채로운 감각과 감정
그 기원에 얽힌 소금처럼 반짝이는 서사들

소금이 오는 소리
이상길 지음

발행처	도서출판 청어
발행인	이영철
영업	이동호
홍보	육재섭
기획	남기환
편집	이설빈
디자인	이수빈 | 김영은
제작이사	공병한
인쇄	두리터

등록　　1999년 5월 3일
　　　　(제321-3210000251001999000063호)

1판 1쇄 발행　2024년 9월 30일

주소　　　서울특별시 서초구 남부순환로 364길 8-15 동일빌딩 2층
대표전화　02-586-0477
팩시밀리　0303-0942-0478
홈페이지　www.chungeobook.com
E-mail　　ppi20@hanmail.net

ISBN　　979-11-6855-279-1(03810)

이 책의 저작권은 저자와 도서출판 청어에 있습니다.
무단 전재 및 복제를 금합니다.

소금이 오는 소리

이상길 소설집

작가의 말

고대 그리스인들에게 크로노스(Chronos)와 카이로스(Kairos)라는 두 가지 시간 개념이 있었다. 크로노스가 모두에게 똑같이 적용되는 물리적이고 객관적인 시간이라면, 카이로스는 각자 다른 의미로 적용되는 창조적이고 주관적인 시간을 의미한다.

시간을 크로노스로 받아들이면 시간의 노예로 수동적인 삶을, 카이로스로 인식하면 시간의 주인으로서 능동적인 삶을 펼쳐나갈 수 있다.

생각하는 대로 살지 않으면 결국 사는 대로 생각한다는 프랑스 소설가 폴 부르제의 말처럼 의미 있는 삶이란 크로노스 시간에서 카이로스 시간으로 전환해 가는 것이다.

낱말은 상호 유기체적인 것이어서 어떤 낱말이 결합하느냐에 따라 문장이 생동하기도 하고 힘을 잃기도 한다. 문장들을 낱낱이 현미경으로 들여다보고 가시 돋친 낱말을 핀셋으로 뽑아내며 정교하게 조율하다가 새벽을 맞이한 날도 있었다.

　쓰러진 귀룽나무가 떡갈나무에 기대어 꽃을 피우듯 낱말도 서로 상생한다. 화룡점정의 마지막 순간까지 고행을 자초하며 퇴고를 거듭하는 일이 작가의 숙명이 아닌가 싶다. 이 소설은 수년 동안 낱말과 밀당하면서 카이로스 시간을 보낸 산물이다.

　곁에서 묵묵히 지켜보며 등을 도닥여 준 최초의 독자인 아내에게 이 책을 바친다.

차
례

작가의 말　4

엄마꽃　10
어느 소방관의 기도　36
크리스탈 랩소디　68
애도 일기　88
소금이 오는 소리　114
야옹과 야옹 사이　144
조도에는 새가 없다　164
한계령을 위한 연가　190
풍금 소리　216

엄마 꽃

"누가 박재선이를 나오라고 해."

엄마가 창밖을 내다보며 버럭버럭 소리를 질러댔다.

창문 밖에는 목련이 새벽빛에 어렴풋이 실루엣을 드러내고 있었다. 엄마는 밖에 시커먼 옷을 입은 사람이 찾아와 당신 이름을 부른다며 창문을 응시했다. 나는 얼른 구급상자에서 청심환을 꺼내드리고 밖에 아무도 없다며 엄마를 안심시켰다. 엄마는 자리에 눕고도 환청이 들리는지 불편한 몸을 자꾸 일으키려고 했다.

스치기만 해도 금방이라도 바스러져 버릴 것만 같은 핏기 없는 얼굴, 쑥대머리처럼 헝클어진 백발, 초점을 잃고 흐들거리는 눈동자….

 형광등 불빛에 민낯으로 드러난 엄마의 모습은 혼백이 나가버린 반송장이었다. 나는 엄마와의 약속을 더는 미룰 수 없다고 생각했다.

 스텐 양푼에다 밀가루를 붓고 물을 섞어가며 반죽을 시작했다. 되게 반죽을 개면 밀가루 덩이가 그대로 씹히는 맛이 나고, 반죽이 질면 풀을 쑨 것처럼 밋밋하다. 쫀득쫀득하게 밀가루 반죽을 빚어내야 수제비가 감칠맛이 난다. 수제비는 손맛이다. 그리고 손맛은 반죽에서 나온다. 자장면이 면발에 따라 맛이 다르듯 수제비 또한 반죽에 따라 식감이 다르다.

 반죽 한가운데다 구멍을 내고 물을 조금 더 부었다. 겉에다 물을 부으면 반죽이 질척거려 작업하기가 불편할 뿐만 아니라 수분이 골고루 스며들지 않아 좋은 반죽이 나오지 않는다. 수제비를 빚다 보면 옹이처럼 반죽 속에 밀가루 덩이가 박혀있는데 그건 실패작이다. 반죽할 때 찬물보다는 미지근한 물을 사용하면 흡수가 잘되어 옹이가 생기는 것을 막을 수가 있다.

 수온 13~15도의 물이 건강에 좋다고 한다. 이 상태에서 인체에 수분 흡수가 가장 빠르며 이보다 물이 너무 차갑거나 뜨거우면 수분이 세포로 스며드는 속도가 더뎌지고 몸에도 좋지 않다. 온도에 따라 물의 입자가 달라져서 일어나는 현상이다.

소매를 걷어붙인 채 양쪽 무릎을 꿇고 밀가루 덩어리를 뒤집으며 안간힘을 다해 반죽을 빚었다. 무릎이 시큰거리며 이마에 송골송골 땀방울이 맺혔다. 문득 중학교 1학년 때 은사인 김미나 선생님이 떠올랐다.

오전 수업이 끝나자 담임인 김미나 선생님은 가정방문할 마을을 칠판에다 적으며, 해당 지역에 사는 학생들은 해찰 부리지 말고 곧장 집에 가서 기다리라고 했다. 가정방문이 있는 날은 오후 수업이 없어 기분이 들떴다.

나는 앞마당까지 길게 내려온 산 그림자를 시계 삼아 들에 나간 엄마를 대신해 수제비를 만들었다.

"옛날에 금잔디 동산에~ 매기~ 같이 앉아서 놀던 곳, 물레방아 소리 들린다~ 매기~ 내 사랑하는~."

음악 시간에 김미나 선생님이 가르쳐준 '매기의 추억'을 흥얼거리며 한창 수제비 반죽을 하고 있는데 누군가 밖에서 나를 불렀다. 문을 여니 하얀 원피스 차림의 김미나 선생님이 툇마루 앞에 서 있었다. 나는 물건을 훔치다 들킨 사람처럼 밀가루가 묻은 손을 얼른 뒤로 감추고 멋쩍게 선생님을 바라보았다. 얼굴이 후끈거리며 등줄기에서 식은땀이 흘러내렸다.

우리 마을은 오늘 가정방문 일정표에 빠져있었다. 선생님은 내 모습에 당황했는지 뽀얀 이마에 흘러내린 머리카락을 치켜올리며, 옆 마을에 왔다가 시간이 좀 남아서 들렀다며 살짝 미소를 지었다.

"지금 무슨 요리 하고 있니?"

한참 침묵이 흐르고 나서야 선생님이 입을 열었다.

"수제비 만들려고 밀가루 반죽하고 있어요."

나는 부끄러워 이마에서 땀이 났다.

서울 토박이인 선생님은 신기했던지 부엌에서 손을 씻고 와서는 반죽을 해보겠다고 나섰다. 선생님이 야무지게 무릎을 꿇고 두 손으로 반죽을 주물러대자 긴 머릿결이 허리 위에서 미끄럼질쳤다. 몇 번을 반복하다가 제풀에 꺾인 선생님은 반죽하기가 이렇게 힘들 줄 몰랐다며 숨을 할딱거렸다.

나는 선생님과 나란히 아궁이 옆에 앉아 물이 끓어오르는 솥단지 속으로 수제비를 떨어뜨렸다. 선생님이 빚은 수제비는 선생님의 반반한 얼굴과는 달리 모양이 뭉툭했다. 적당한 크기로 반죽 덩어리를 떼어내 손가락 끝으로 수제비를 빚어내야 하는데 선생님이 만든 수제비는 모양이 들쭉날쭉했다.

나는 수제비 빚는 방법에 대해 시범을 보였다. 손끝에서 순식간에 목련 꽃잎처럼 예쁘게 빚어지는 수제비 솜씨에 선생님은 눈길을 빼앗겼다. 선생님은 긴 손가락 끝으로 반죽을 조심스럽게 매만져 가며 어쩌다 수제비 모양이 잘 나오기라도 하면 어린애처럼 좋아했다. 어느새 선생님의 분홍색 손톱은 하얀색으로 변해버렸다.

수제비를 한 상 차렸다. 반찬이라야 깍두기와 김치뿐인데도 선생님은 수제비 한 사발을 뚝딱 비웠다. 오후 내내 이 마을 저 마을 걸어 다니느라 허기가 졌는지 쩍쩍 입맛을 다시며 수제비를 삼키는 모습은 아주 색다른 느낌이었다.

선생님은 당신이 만든 수제비와 내가 만든 수제비를 번갈아 가며 맛을 보더니 내 수제비가 훨씬 맛있다고 칭찬해 주었다. 나는 얼굴이 빨갛게 달아오르면서도 어깨가 으쓱했다. 엄마한테 배운 수제비 요리 하나로 단박에 우리 학교에서 오직 한 명뿐인 멋쟁이 여선생님의 마음을 사로잡았다는 사실이 믿기지 않았다.

"어머! 목련꽃 예쁘게 피었네."

마당을 나서던 선생님이 뜰에 핀 목련꽃을 발견하고는 걸음을 멈췄다. 선생님 키를 훌쩍 넘긴 목련이 새하얀 꽃망울을 터뜨리고 있었다. 갸름한 얼굴에다 우윳빛 나는 피부. 목련 앞에서 넋을 잃고 꽃송이를 바라보고 있는 선생님의 자태 역시 한 그루 목련이라는 생각이 들었다.

반죽이 거의 다 되어갔다. 솥에 물을 붓고 가스레인지를 켰다. 김 선생님을 깜짝 놀라게 한 그 명품 수제비를 얼른 엄마께 선보여야 한다. 내가 중학교를 졸업하고 도회지에 있는 고등학교로 진학하는 바람에 내 수제비 요리는 식탁에서 자취를 감췄다.

엄마는 멸치나 바지락을 넣어 수제비 국물 맛을 내기도 하는데 맹물을 고수했다. 맹물에다 다진 마늘과 쪽파를 송송 썰어 넣고 간장으로 간을 맞추면 그게 곧 국물이었다. 쌀밥 대신 수제비로 근근이 생계를 이어가는 엄마로서는 멸치나 조개 국물은 사치나 다름없었다. 멸치 등을 우려낸 국물은 반죽이 조금 부실해도 수제비 맛을 잡아줄 수 있지만, 엄마의 맹물 수제비는 반죽이 받쳐주지 않으면 대번에 풀죽 맛이 나버린다.

이제 물이 끓기 시작하면 수제비를 뚝뚝 떼어 솥 안에 넣으면 될 것이다. 손등에 난 흉터가 눈에 띄었다. 왼손에 생긴 수제비 모양의 흉터는 내가 중학교 때 수제비 요리를 하다가 뜨거운 물에 덴 상처다. 농사일에 바쁜 엄마를 도와주려고 가끔 손을 댔는데 숫제 내가 수제비 요리사가 돼 버렸다.

첫 작품은 실패로 끝났다. 밀가루 반죽이 제대로 되지 않아 쫄깃쫄깃한 맛이 없었고, 수제비를 솥에 넣으면서 서로 엉겨 붙지 않도록 국자로 잘 저어야 하는데, 수제비 빚는 데만 정신이 팔려 수제비가 솥 밑바닥에 떡처럼 엉겨 버렸다.

손은 데었어도 수제비 솜씨는 날로 늘어갔다. 김을 매로 온 동네 아주머니들이 내가 쑨 수제비를 맛보고 꿀맛이라며 엄지를 내밀었는데 그럴 때마다 나는 조금은 쑥스럽기도 하면서 저절로 어깨가 우쭐거렸다.

반죽이 완성됐다. 반죽 빚기가 가장 힘들다. 반죽만 완성되면 수제비 요리는 거의 끝났다고 봐도 무리는 아니다.

엄마가 담낭염으로 한 달 넘게 입원했을 때 엄마는 병원에서 나오는 음식보다는 수제비를 먹고 싶어 했다. 환자 상태에 맞춰 영양사가 만든 식단이라 수제비보다 더 영양가가 좋다고 말씀드려도 엄마는 듣는 둥 마는 둥 수제비 타령이었다.

담석을 제거했는데도 엄마는 건강이 회복되지 않았다. 담당 의사는 엄마가 노환이라 특별한 처방이 없고 치매 증세까지 보인다며 소견서를 써줄 테니 요양원에 모시는 것이 어떻겠냐며 의향을 물었다. 병원에 오기 전에도 지인들이 집에서는 모시기가 힘들 거라며 요양원을 권유했다.

엄마는 평소에 요양원이란 '요' 자만 들어도 고개를 절레절레 흔들었다. 엄마는 요양원은 자식들이 부모를 거두기 싫어 내다 버리는 현대판 고려장으로 인식을 하고 있었다. 엄마는 병세가 악화되기 전에 경로당에 다녔는데, 경로당 친구인 흰머리 할머니-유난히 머리가 희어 경로당에서 그렇게 불렀다-를 자식들이 요양원에 보내버렸다며, 어떻게 자기를 낳고 기른 부모를 함부로 내다 버릴 수가 있냐며 천하에 불효막심한 자식들이라고 핏발을 세웠다.

친구 J의 이야기가 뇌리를 스쳤다. 장모님을 뵈러 요양원에 갔는데 노인들이 버려진 물건처럼 자리에 우두커니 앉아 자식들이 찾아오기만을 기다리고 있더란다. 그 모습이 하도 안쓰러워 J는 아내의 만류에도 불구하고 자기가 전적으로 장모님 수발을 들겠다며 그날 바로 집에 모시고 왔는데, 며칠도 지나지 않아 J의 야심만만한 다짐은 점점 무너지기 시작했다. 스트레스가 쌓이면서 부부간에 다툼이 늘어 J는 3개월도 채우지 못하고 부랴부랴 장모님을 다시 요양원에 보냈는데 딱 보름 만에 장모님이 돌아가셨다고 연락이 왔더란다. 조금만 더 참고 장모님을 모셨더라면 좋았을 텐데 후회가 막심하다고 J는 눈시울을 붉혔다.

사실 나도 요양원에 대한 선입관이 별로 달갑지 않았다. 자식들에게 쏟은 사랑과 희생을 봐서라도 부모가 늙으면 당연히 자식이 모셔야 한다는 생각이었고 아내 또한 나와 뜻을 같이했다. 그러나 잠을 설치면서 엄마를 간병하는 횟수가 늘어갈수록 마음이 점점 허물어지기 시작했다.

병원 가는 길에 칼국수 한 그릇을 샀다. 수제비를 사려고 이곳저곳 음식점을 기웃거렸으나 옹심이나 칼국수를 파는 곳은 있어도 수제비는 눈에 띄지 않았다. 병실에 도착하자 병간호를 하던 아내가 내 귀에다 대고 엄마가 방금 잠이 들었다고 했다.

나는 아내와 교대하고 보조 소파에 누웠다가 깜박 잠이 들어버렸다. 뭔가 얼굴을 스치는 느낌이 들어 눈을 떴다. 엄마가 피 묻은 손으로 당신이 덮고 있던 이불을 안간힘을 다해 침대 난간 위로 넘기고 있는 모습이 눈에 들어왔다.

엄마 손목에 꽂힌 주삿바늘에서 링거 줄이 튕겨 나가 역류한 피가 침상을 뻘겋게 물들이고 있었다. 자식이 행여 감기라도 들까 봐 이불을 덮어주려고 불편한 몸을 억지로 움직이다 보니 일이 벌어진 것이다. 급히 간호사를 불러 응급처치를 끝내고 나는 엄마를 꽉 껴안았다. 요양원을 맘에 두고 있었다는 자책감에 얼굴이 뜨거워졌다.

퇴원 후에도 엄마는 거동이 불편하여 당신 혼자서는 화장실조차 갈 수 없었다. 기저귀를 채우면 금방 빼버렸다. 엄마의 기저귀에 대한 심한 기피증으로 아내는 꼬박 6개월 동안이나 대소변을 받아냈다.

엄마는 거동은 못 해도 정신줄은 붙들고 있어 아들인 내가 당신의 속옷을 벗기는 것을 싫어하여 대소변 처리는 아내 몫이 돼버렸다. 아내는 그동안 고생한 일이 너무 억울해서라도 기어이 엄마가 혼자서 화장실에 다닐 수 있게 만들 거라며 의지를 꺾지 않았다.

드디어 아내의 소원이 이루어졌다. 엄마가 두 손바닥을 거실 바닥에 짚고 화장실을 향해 엉금엉금 나아가자 아내는 손뼉을 치며 눈시울을 적셨다.

대소변을 받아낼 때는 엄마가 화장실만 다니면 모든 것이 다 해결될 줄 알았는데 사실은 그게 아니었다. 반찬을 장만하여 식사를 챙기는 일은 물론 목욕과 세탁, 손발톱

깎기, 이발 등 할 일이 한두 가지가 아니었다. 그리고 응급 상황에 대비해 한 사람은 엄마 곁에 붙어있어야 했다. 특히 엄마는 허기에 인색하여 조금만 식사 때가 벗어나면 배를 움켜잡고 금방이라도 명줄을 놓아버릴 것처럼 끙끙 앓았다.

밤에는 엄마가 요강에다 소변을 보기 때문에 나는 아침에 일어나면 화장실 좌변기에다 요강을 비우고 물로 헹구는 것이 일과의 시작이었다. 그럴 때마다 밤새 묵은 소변이 역한 암모니아 냄새를 풍겨 나도 모르게 숨을 참느라 얼굴이 일그러졌다.

더군다나 엄마는 그전에 없던 버릇이 생겨났다. 바로 잔소리다. 틈만 나면 주방에 나와 아내가 하는 일에 사사건건 간섭하며 잔소리를 했다. 그것도 모자라 친척들에게 전화를 걸어 며느리가 밥을 늦게 준다느니, 찬밥을 준다느니, 우리 먹을 것도 없는데 남에게 뭘 다 퍼준다느니 하며 흉을 봤다. 귀가 어두운 엄마는 인기척을 못 느껴 며느리가 집에 들어온 지도 모르고 전화로 흉을 보다가 아내에게 들킨 적도 있다.

차라리 내 흉을 보면 괜찮겠는데 엄마는 줄곧 아내 이야기만 꺼냈다. 나는 엄마가 이모와 통화하며 아내 흉보는 말을 우연히 엿듣게 되었는데 아내가 들으면 정말 억울하기 짝이 없는 이야기들이었다. 시어머니 병수발하느라 고생한다는 말은 빼먹고 없는 사실을 부풀려 완전히 못된 며느리로 몰아가고 있었다. 늘 병석에 누워있어서인지 엄마는 당신이 상상한 일을 마치 현실인 것처럼 상대방에게 전달했다. 시쳇말로 완전히 가짜뉴스였다.

아내의 마음이 돌아서 버리기 전에 뭔가 특별한 대책이 필요했다. 엄마를 모시느라 죽도록 고생만 한 아내가 친척들에게 못된 며느리로 낙인찍히는 것 같아 마음이 언짢았다.

나는 엄마가 한 번만 더 잔소리를 퍼붓거나 며느리 흉을 보는 날엔 요양원에 보내버리겠다며 비장의 카드를 꺼냈다. 엄마의 고집은 점점 일곱 살 아이를 닮아갔다. 전에는 자식 말이라면 무조건 다 들어주었는데 이제 통하지 않았다.

급기야 엄마는 냉장고 사건으로 아내의 속을 몽땅 뒤집어 놓았다. 아내가 자리를 비우면 엄마는 슬금슬금 주방으로 나와 냉장고에 들어있는 식재료들을 깡그리 끄집어내 내용물을 확인하고는 냉동 냉장실 구분 없이 뒤죽박죽 다시 넣어버렸다. 시어머니 잔소리도 잘 참아 넘긴 아내가 냉장고 문을 열어보고는 안색이 싹 변해버렸다. 나는 목덜미가 당기며 뻐근한 기운이 어깻죽지까지 뻗쳤다.

 아내는 인천에 사는 친구가 엄마를 요양원에 모셨는데 말동무가 생겨 집에 있을 때 보다 오히려 건강이 더 좋아졌다 하더라고 혼잣말처럼 중얼거렸다.

 나는 아내가 밖에 나가 조금만 늦어도 아내의 옷가지들과 여행용 가방을 확인하는 버릇이 생겼다.

 냉장고 문에다 자물쇠를 채울 수도 없고 냉장고를 없애 버릴 수도 없는 일이었다. 나는 엄마 귀에 대고 만약 냉장고에 한 번 더 손을 대면 이번에는 진짜로 요양원에 보내겠다며 으름장을 놓았다. 그리고 엄마가 이렇게 자꾸 말썽을 부리면 며느리가 아들하고 못살고 집을 나가버린다고 겁을 주었다. 아들이 홀아비가 되는 게 무서웠던지 엄마는 금세 표정이 굳어지며 연신 고개를 끄덕였다.

 외출하고 돌아오니 생선가게에 들어선 것처럼 비린내가 확 풍겼다. 엄마가 냉동실에 들어있는 식품들을 주방 여기저기에다 꺼내놓고 봉지를 풀어헤치며 뭔가를 찾고 있었다. 생선이 녹아 바닥에는 물기가 홍건했다.

 "엄마, 지금 뭘 해요?"

 내가 퉁명스럽게 묻자 엄마는 깜짝 놀라며 말문을 열었다.

"밀가루 어디 갔지?"

"밀가루는 왜요?"

"니가 수제비 안 해 줘서 그런다. 죽기 전에 아들이 만든 수제비 한번 원 없이 먹고 싶었는디…"

엄마는 말꼬리를 흐리며 입맛을 다셨다.

"엄마가 며느리한테 잔소리 안 하고 냉장고에 손 안 대면 수제비 만들어 드릴게요. 자, 약속."

나는 엄마와 새끼손가락을 걸었다.

"누가 박재선이를 나오라고 그래."

다시 고함소리가 들려왔다.

치매 증세가 점점 심해지고 있는 모양이다. 얼마 전부터 엄마는 도깨비 같은 헛것들과 싸움을 하기 시작했다. 엄마는 헛것을 저것들이라고 불렀다. 엄마는 날마다 헛것들과 전쟁을 벌였는데 내용은 이랬다.

창밖에 저것들이 살고 있는데 하루는 어미가 자식 한 명을 잡아먹더니 날마다 자식들을 창가에 묻어 공동묘지를 만들어 놓았다는 거였다. 그리고 당신에게도 어서 죽으라며 해코지를 하는 바람에 무서워서 못 살겠다고 엄마는 인상을 잔뜩 찌푸렸다. 공동묘지에서 시체 썩은 냄새가 진동한다며 창문도 열지 못하게 막았다.

친부(親父)이자 천신인 우라노스를 낫으로 거세하고 세력을 잡은 크로노스는 자신도 자식들에게 축출당할까 두려워 레아가 아이를 낳으면 곧바로 삼켜버렸다. 졸지에 다섯 아이를 잃은 레아는 막내아들 제우스를 지켜내기 위해 시어머니인 대지의 여신 가이아와 계략을 꾸민다.

레아는 남편 몰래 크레타섬에서 제우스를 낳아 크레타 왕 멜리세우스의 딸 아말테미아에게 아이를 돌보도록 맡긴다.

어른이 된 제우스는 어머니로 하여금 크로노스에게 구토제를 먹이게 하여 형제들을 모두 토해내게 만든다. 결국 제우스는 자신이 구출한 형제들과 힘을 합쳐 아버지인 크로노스와 그를 따르는 티탄족을 물리치고 신들의 제왕 자리에 오른다.

그리스신화를 들어본 적도 없고 오직 자식밖에 모르는 엄마가 신화처럼 허무맹랑한 이야기를 연출한 것은, 자식이 당신을 요양원으로 내쫓을지도 모른다는 불안감에 무의식적으로 방어기제가 작동한 것이 아닐까.

엄마는 헛것들과 전깃불을 켜네 마네 하고 며칠을 싸우더니 온 집안의 불이라는 불은 모두 꺼버렸다. 이유는 저것들이 불을 켜지 말라고 했다는 거였다. 졸지에 가족들은 암흑 속에서 밤을 보내야 했다. 아내가 주방에서 요리하면 어느새 엄마가 다가와 불을 탁 꺼버렸다. 더군다나 엄마는 밤늦게까지 회사 일을 처리하느라 신경이 곤두선 딸아이의 방문을 두드리며 불을 끄라고 소란을 피우는 통에 나는 딸아이 눈치를 살펴야 했다.

아내는 엄마가 헛것을 핑계 삼아 전기세를 절약하기 위한 작전이라고 입을 삐죽거렸다. 평생을 휴지 한 쪼가리라도 허투루 사용한 적이 없는 엄마였기에 아내 말도 수긍이 갔다.

엄마는 귀신을 쫓는다며 막소금을 뿌려 집안을 온통 염전으로 만들어 놓더니, 급기야 거실 소파는 물론 방안 곳곳에 고춧가루를 뿌려놓았다. 나는 창문을 열어젖히고 아내에게 들키지 않으려고 부랴부랴 흔적을 지워냈다. 집안에 들어선 아내는 코끝을 만지더니 고춧가루 단지를 열어보고는 머리를 움켜쥔 채 멍하니 서 있었다.

핏기 없이 야윈 아내를 바라보며 이러다가는 우리 내외가 스트레스로 엄마보다 먼저 죽을 수도 있겠다는 불길한 예감에 휩싸였다. 엄마가 요양원을 싫어한다는 이유만으로 앞길이 창창한 우리 내외가 꺼져가는 생명줄을 붙잡고 몸을 망가뜨리며 희생을 치러야 하는지 의문마저 들었다.

엄마는 텔레비전도 켜지 못하게 했다. 텔레비전에 나오는 사람들이 당신을 빤히 쳐다보며 흉을 본다는 거였다. 그 사람들이 우리를 들여다보고 있다며 텔레비전 앞에서는 옷도 갈아입지 못하게 했다. 화면에 나온 사람이 진짜 사람이 아니라 영상이라고 아무리 설명해도 곧이듣지 않았다.

사람이 TV를 시청한 것이 아니라 TV가 사람을 시청한다는 엄마의 기가 막힌 발상에 어안이 벙벙했다.

그뿐만이 아니었다. 집 안에 있는 물건들이 자꾸 없어졌다. 내다 버리려고 현관에 내놓은 옷가지들과 종이박스, 비닐봉지까지 감쪽같이 종적을 감췄다.

"여보, 내 립스틱 어디 갔어요?"

아내가 화장대 앞에서 두리번거리더니 내게 물었다.

"아, 립스틱, 너무 상태가 안 좋아서 내가 버렸어. 더 좋은 걸로 사."

나는 씩 웃으며 주머니에서 지갑을 꺼냈다.

아내가 밖에 나가자 어느 틈에 엄마가 다가와서 화장이 잘 됐냐며 히죽히죽 웃으며 입술을 내밀었다. 덕지덕지 칠한 새빨간 색조가 입술을 벗어나 쭈글쭈글한 볼까지 번지고 있었다.

아내의 얼굴에 점점 먹구름이 드리우기 시작했다. 한바탕 소나기가 퍼부을 것 같았다. 아내와 줄곧 함께하면서 아내에 대한 기상 상태를 관측해 왔는지라 이번에 분석한 기상 전망은 아직까지 겪어보지 못한 최악의 상황이었다. 아내의 머리끝에서 발끝까지 길게 장마전선이 걸쳐있어 단발성 폭우가 아니라 태풍을 동반한 지루한 장마가 예상되었기 때문이다. 나는 절체절명의 위기와 맞부닥뜨리고 있었다. 장맛비가 쏟아지기 전에 가장으로서 하루빨리 비장한 결정을 내려야 했다.

아내 손을 잡고 노래방으로 향했다. 아내를 무장해제 시킬 방법은 노래밖에 없었다. 나는 재빠르게 리모컨으로 김용임의 '사랑의 밧줄'을 입력했다. 반주가 시작되자 마이크를 잡은 아내의 얼굴에 금세 화색이 감돌았다. 이참에 아예 아내를 사랑의 밧줄로 꽁꽁 묶어버리겠다고 마음먹고 패티 김의 '초우' 등 아내의 애창곡을 연달아 예약했다.

노래를 좋아한 아내는 20여 곡을 지치지도 않고 엉덩이까지 흔들며 척척 불러댔다. 요즘 들어 부쩍 늘어난 아내의 흰머리가 조명 빛에 언뜻언뜻 모습을 드러냈다. 어쩌다 100점이 나오면 전국노래자랑에서 대상이라도 받은 것처럼 두 손을 번쩍 치켜들고 기뻐했다. 아내는 노래 앞에서는 아무

근심도 걱정도 없는 철부지였다.

노래방을 나서면서 아내가 내 손목을 꼭 붙잡았다. 아내의 온기가 온몸으로 느껴졌다.

물이 보글보글 끓기 시작했다. 이제 조금만 지나면 엄마가 그토록 기다리던 아들의 수제비 요리를 맛볼 수가 있다. 반죽을 조금씩 떼어내 엄지로 쭉쭉 늘려가며 수제비를 빚어 물속으로 떨어뜨렸다.

부글부글 끓어오르는 국물과 함께 수제비들이 서로 어우러지며 피어올랐다. 그것은 엄마가 생의 한가운데에서 모진 풍파와 싸워가며 눈물로 피워낸 엄마꽃이었다.

엄마는 자식을 위해서 수제비가 되곤 했다. 펄펄 끓는 세파 속으로 수제비처럼 뛰어들고, 자식의 허기를 채울 수만 있다면 기꺼이 수제비가 되기를 자처했다. 뜨거운 물기둥과 함께 솟구쳤다가 곤두박질치는 수제비가 주름투성이인 엄마의 얼굴과 뒤섞이며 나도 모르게 온몸이 달아올랐다.

칼자루 끝으로 마늘을 다지고 쪽파도 엇비슷하게 썰어 국물에다 넣었다. 국자로 휘휘 저으며 간을 보니 너무 심심했다. 간장을 반 숟갈 더 넣자 삼삼한 맛이 났다. 엄마가 좋아한 짠맛을 내기 위해 간장을 한 숟갈 더 부었다. 언제

부턴가 엄마는 입맛이 변했다. 짜고 단 음식만을 고집했다. 아내는 엄마용 음식을 따로 조리해야 했다.

 수제비를 한 상 차려 들고 엄마 방으로 갔다. 간장도 한 종지 따로 챙겨 밥상에 올려놓았다. 서두르다 보니 설탕이 빠졌다. 다시 주방에 갔으나 설탕이 보이지 않았다. 아내에게 물어보려고 휴대폰을 들었다가 그냥 놓았다. 친정엄마 이장을 마친 아내가 잠에 빠져있을 시간이었다. 주방 구석구석을 뒤져 어렵사리 설탕 단지를 찾아냈다.
 설탕 단지를 들고 엄마 방에 들어갔다. 엄마가 엉거주춤한 자세로 수족관 안에 있는 에인절피시에게 숟가락으로 뭔가를 떠먹여 주고 있었다. 수제비였다. 에인절피시가 수제비 냄새를 맡고 몰려들자, 엄마는 마치 배고픈 아이에게 밥이라도 먹이는 양 고개를 끄덕이며 무척 흡족한 표정을 지었다. 엄마의 모습이 너무 행복해 나는 그저 멍하니 바라보고만 있었다. 엄마는 당신은 한 입도 안 잡숫고 수제비 한 그릇을 물고기들에게 죄다 먹여버릴 요량이었다.

 밥은 엄마에게 신이자 종교였다. 일제강점기와 육이오를 거치며 남편마저 잃은 엄마는 자식들의 끼니 해결이 최우선 과제였다. 밭뙈기 몇 마지기를 부치는 것으로는 일곱 식구의 주린 배를 채우기엔 역부족이었다. 허리띠를 동여매고 힘겹게 넘어도 끝이 보이지 않은 험한 보릿고개 앞에서, 만신창이가 된 엄마는 온몸으로 바닥을 치며 밥을 달라고 절규했다. 이 집 저 집 품팔이에다 나물을 뜯어 시장에 내다 팔며, 엄마는 자식들을 먹여 살리기 위해 몸을 아끼지 않았다.

밥은 엄마에게 믿음과 희망을 주기도 하고 엄마를 나락으로 빠뜨리기도 하는 존재였다. 밥을 위해서는 영혼까지 흥정할 수도 있었다. 어쩌다 자식이 밥 한 톨만 흘려도 엄마는 천벌 받는다며 야단을 쳤다. 엄마는 배고픈 설움이 제일 크다며 마른 논에 물이 들어가는 것과 자식 입에 밥 들어가는 것이 세상에서 가장 보기가 좋다고 했다. 내 자식이든 남의 자식이든 배고픈 꼴을 보지 못하는 엄마는 이웃집 아이에게도 젖을 물렸다.

"엄마!"

내가 부르는 소리에 엄마는 깜짝 놀라 숟가락을 수족관에 떨어뜨리며 나를 향해 고개를 돌렸다.

"아이구, 영감, 여길 어떻게 왔소. 내가 잘못했소. 얼른 자리에 앉짔소. 내가 오징어 사다 줄게."

엄마가 와락 달려들어 나를 부둥켜안고 얼굴을 비벼대며

엉엉 울음을 터뜨렸다.

  아빠가 장날에 오징어가 먹고 싶다고 하자, 엄마는 자식들을 위해 돈을 아껴야지 무슨 오징어 타령이냐며 면박을 줬는데, 그게 이렇게 가슴에 응어리가 맺힐 줄 몰랐다며 소매로 눈물을 훔치던 엄마의 모습이 눈가에 어른거렸다.

  "여보, 내가 잘못했소. 그까짓 돈이 뭣이라고. 거기서 밥은 묵었소?"

  엄마는 잠시 울음을 그치더니 눈물로 뒤범벅이 된 얼굴을 손등으로 문지르며 나를 바라보았다.

  내가 고개를 끄덕이자 엄마는 내게 얼굴을 맞대고 오열하기 시작했다.

  "아이구, 영감, 미안하요. 오징어가 얼마나 묵고 싶었소. 정말 미안하요!"

  나는 엄마를 부둥켜안았다. 뜨거운 눈물이 엄마의 눈물과 뒤섞여 뺨을 타고 흘러내렸다.

  주방에 가서 새로 가져온 수제비를 한 숟갈 떠서 먹여드렸다. 엄마는 맛이 없는지 어린아이가 쓴 약을 혀로 밀어내듯 그냥 뱉어냈다. 설탕과 간장을 더 넣어 단짠단짠하게 맛을 낸 수제비를 천천히 입안에 넣어드렸으나 엄마는 인상을 찡그리며 재차 혀로 밀어내 버렸다.

나는 엄마를 등에 업었다. 물기가 빠져나간 엄마는 헛것이었다. 엄마는 어린애처럼 내 목을 꽉 껴안았다. 앞뜰에 만개한 목련이 잔디밭에 허옇게 수제비를 뿌려놓았다.

나는 목련꽃을 가리키며 저 꽃 이름이 뭐냐고 물었다. 엄마는 내가 손가락질한 데는 눈길을 주지 않고 자꾸 애먼 곳만 바라다보았다. 나는 목련 꽃잎 한 개를 엄마 손에 쥐여 주었다. 엄마는 꽃잎을 손으로 만지작거리더니 입안에 넣고 옴질거렸다.

엄마는 꽃 중에서 목련꽃을 최고로 좋아했다. 어린 자식들을 데리고 긴긴 겨울을 견뎌내야 하는 엄마는 들에 나가 푸성귀라도 뜯어 먹을 수 있는 봄을 기다렸고, 봄을 알리는 목련꽃은 희망의 상징이었다. 엄마는 목련 꽃잎이 수제비 같다고도 했다.

목련꽃 하나가 쿵하고 떨어졌다. 갑자기 등이 따뜻해지며 그 기운이 허리 아래까지 뻗쳤다.

엄마를 침상에 뉘고 바지를 벗겼다. 속옷을 벗기려고 하자 엄마가 자꾸 발을 꼬았다. 실랑이 끝에 속옷을 벗겨 내렸다. 지린내가 코를 찔렀다.

생전 처음, 나는 엄마가 감추고 있는 고향을 보았다. 어릴 적에 뛰놀던 수풀이 무성한 들녘과는 달리 눈에 비친 내

고향은 풀 한 포기도 나지 않은 메마르고 비탈진 불모지였다. 여섯 마리 흑염소가 드세게 풀뿌리까지 파먹고 떠나버린 고향은 온통 상처투성이였고 황량한 기운이 뒤덮고 있었다.

별은 생성하고 소멸한다. 지금 바라보고 있는 별 중에는 별빛이 무한한 우주 공간을 달려오는 동안 이미 소멸하여 세상에 존재하지 않는 별도 있다.

엄마의 잠든 얼굴을 들여다보다가 어쩌면 벌써 소멸해버린 별 하나가 내 곁에 누워있는지도 모른다고 생각했다.

어느 소방관의 기도 ―

사공의 뱃노래 가물거리며
삼학도 파도 깊이 숨어드는데
부두의 새아씨 아롱 젖은 옷자락
이별의 눈물이냐~

목포항 여객선터미널에 도착하자 비릿한 갯내와 함께 이난영의 노래가 스피커를 통해 울려 퍼졌다.
"알려드립니다. 금일 오전 다섯 시 삼십 분, 북태평양 서쪽 해상에서 발생한 열대성저기압이 강풍과 폭우를 동반한 채 점차 그 세력을 확장하여, 한반도를 향해 북상 중에 있으니 운항하는 선박들은 각별히 주의하시기 바랍니다."

갑자기 노래가 뚝 끊기더니 태풍주의보를 알리는 다급한 안내방송이 흘러나왔다.

"가는 날이 장날이라더니 하필 태풍이…."

나도 모르게 볼멘소리가 튀어나왔다.

"그럼, 우리 오늘 홍도 못 가는 거예요?"

금세 해수의 환한 얼굴이 굳어지며 그늘이 드리워졌다.

"그야, 뭐 운명에 맡겨야지. 한번 기다려보자고. 우리처럼 어떤 용감한 선장님이 나타나실지."

여객선 운항 시각에 맞추려고 빗속에 서울에서 새벽같이 달려왔는데 태풍 소식을 듣자마자 온몸이 축 늘어졌다.

뿌~우웅.

해수와 캔 음료를 마시며 바다만 바라보고 있는데 홍도행 여객선이 출발 신호를 보냈다. 우리는 누가 먼저랄 것도 없이 손을 잡고 여객선을 향해 달려갔다.

배가 물결을 헤치며 나아가자 삼학도가 눈에 들어왔다.

"문 반장, 목포 하면 뭐가 떠올라?"

나는 뱃전에 서서 갈매기를 향해 손을 흔들고 있는 해수에게 말을 걸었다.

"목포의 눈물?"

"그래. 목포의 눈물도 빼놓을 수 없지만 목포를 대표하는 상징물이 두 가지가 더 있어. 유달산과 삼학도지. 저기 나지막한 봉우리가 세 개 보이잖아? 저게 바로 삼학도야."

"삼학도, 학이 세 마리란 뜻인가요?"

"맞아. 아주 오랜 옛날, 유달산에서 무술을 닦던 청년을 짝사랑한 세 여인이 있었대. 청년을 보려고 시도 때도 없이 여인들이 찾아오는 바람에 수행이 어렵게 되자, 청년은 무술 공부를 마칠 때까지 기다려달라고 사정을 했다는 거야.

기다림에 지친 세 여인이 어느 날 학으로 변신해 무사 곁으로 날아들었대. 청년은 영문도 모르고 활시위를 당겼고, 세 마리가 모두 바다에 떨어져 섬으로 변했다는 거야. 저 뒤쪽에 바위가 우뚝우뚝 솟은 산이 청년이 무술을 연마하던 그 유달산이지."

"언제 그렇게 준비를 많이 하셨어요. 팀장님?"

가이드 못지않게 술술 풀어내는 이야기에 귀를 바짝 들이대던 해수가 활짝 웃으며 입을 열었다.

2시간 남짓 항해 끝에 여객선은 경유지인 흑산도항에 도착했다. 선장은 지금 태풍이 접근하고 있어 심한 풍랑이 예상되므로 부득이 홍도에 가야 할 승객이 아니면 이곳에서 하선하라고 안내방송을 했다.

선내 방송을 듣고 승객들이 술렁거리며 하나둘씩 빠져나가기 시작했다. 나는 해수의 얼굴을 빤히 쳐다보며 눈빛으로 하선 여부를 결정하라는 사인을 보냈다.

"팀장님, 태풍이 무서워 화재 현장에 출동하지 않는다면 그건 소방관의 직무유기입니다. 출동합시다."

해수의 어조는 단호했다. 얼굴에는 사뭇 비장함까지 묻어났다.

"문 반장, 나는 헤엄칠 줄 몰라서 자신이 없는데…."

내가 말꼬리를 흐리자 해수가 언성을 높였다.

"팀장님, 제가 책임질게요. 이 문해수 소방대원, 이래 봬도 스쿠버다이버 출신에다 라이프가드 자격증 소지자인 줄 모르셨군요."

해수는 양쪽 어깨를 잔뜩 추켜올렸다.

해수가 우리 팀에 부임했을 때 이름이 좀 특이하다 싶어 한자를 물었더니 '바다 해(海) 지킬 수(守)' 자를 쓴다고 했다. 팀원들은 바다를 지키는 신이 소방관으로 임하셨다며 해수 대신 해신(海神)이라고 부르는가 하면 어떤 대원은 아예 대놓고 용왕님으로 호칭하기도 했다.

나는 이 순간부터 내 운명을 해신에게 몽땅 맡겨버리는 것도 괜찮겠다고 생각했다.

"해수 펌프, 홍도 화재 현장 출동 준비."

나는 무전기처럼 주먹을 귀에 대고 해수에게 출동 명령을 내렸다.

"해수 펌프, 출동 준비 끝."

곧바로 해수에게서 무전이 날라 왔다.

태풍주의보 때문에 대부분 홍도 여행을 포기하고 흑산도에서 내리는 바람에 홍도항에 도착한 승객은 20여 명 남짓했다. 나는 해수와 함께 숙소에 들러 가방을 내려놓고 여관 주인에게 오늘 같은 날도 홍도 해상 관광 유람선이 뜨냐고 물어보았다. 주인은 어디론가 전화를 걸더니 유람선이 곧 출발할 거니까 얼른 부두로 나가 보라고 했다. 나는 해수와 부두를 향해 내달렸다.

뿌~우웅.

"팀장님, 빨리요!"

유람선이 뱃고동을 울리자 해수가 나를 앞지르며 달음박질쳤다. 우리가 부두에 도착하기도 전에 유람선은 하얗게 물거품을 일으키며 저만치 미끄러져 갔다. 해수와 나는 유람선을 향해 손짓하며 마구 소리를 질렀다.

"어어, 온다 와!"

나는 두 눈을 의심하지 않을 수 없었다. 멀어져가던 유람선이 뱃머리를 돌려 우리를 향해 다가오고 있었다. 선장에게 연거푸 머리를 숙이고 유람선에 올랐다.

 유람선이 홍도항을 벗어나자 바다 위에 떠 있는 기암괴석들이 하나둘씩 용모를 드러내기 시작했다. 이윽고 유람선 전담 가이드의 설명이 이어졌다.
 "여러분이 시방 보고 있는 저 구녕 뚫린 바우는 홍도 10경 중 제1경인 남문바우여라. 저 바우 밑에 있는 구녕으로 소형선박이 드나들 수 있어 홍도의 관문으로 불린당께라. 저 남문을 배경으로 사진을 박으면 일 년 내내 더위도 안 먹고 모든 소원이 다 이뤄져부러. 그란께 사진들 팍팍 박아 부쑈잉."
 가이드 아저씨의 말이 끝나기도 전에 승객들이 남문바위를 배경으로 사진을 찍느라 부산했다. 해수가 난간에 기대어 포즈를 취하자 나는 연거푸 셔터를 눌러댔다.
 "아따 거시기 딱 보아하니 연인 같구만 혼자만 박으면 뭐하요. 내가 잘 박아 줄게 얼릉 둘이 함께 스랑께라."
 어느 틈에 가이드가 끼어들어 카메라를 가로채며 너스레를 떨었다.

 가이드의 구수한 전라도 사투리를 듣다 보니 어느새 유

람선은 흔들바위 앞을 지나가고 있었다. 아래쪽보다는 위쪽이 더 배가 부른 쌀자루 모양의 바위가 절벽 위에 위태롭게 얹혀있었다. 바람이 불면 흔들거린다고 해서 흔들바위라는 명칭이 붙었다고 가이드가 설명해 주었다. 흔들바위는 포대기도 없이 엄마 등에 업힌 아이처럼 큰 바위 옆에 가까스로 매달려 있는 모양새였다.

나는 흔들바위를 뚫어지게 바라보았다. 각도에 따라 조금씩 기울기가 달라져 보였으나 흔들바위를 떠받치고 있는 바위와 중심축이 일치하고 있었다. 단 1도라도 중심축의 각도가 어긋난다면 흔들바위는 곧장 바다로 곤두박질쳐버릴 운명이었다.

나는 가장으로서 좀 더 중심을 잡았어야 했다. 소방업무도 중요하지만 내 가정의 불부터 먼저 꺼야 했다.

"자, 아저씨, 아짐씨들, 금강산도 식후경이라고 뭣 좀 먹고 구경해야 제맛이지라잉. 저기 보시면 고깃배 한 척이 오고 있지라. 저 배와 접선해서 싱싱한 횟감에다 소주 한 잔 땡기고들 놀다 가시쇼잉."

가이드의 말대로 자그마한 어선 한 척이 물살을 가르며 유람선을 향해 서서히 다가오고 있었다. 관광객들이 회를 주문하자 고깃배 선장이 재빠른 손놀림으로 활어회를 떠 주었다. 유람선 위에서 순식간에 술판이 벌어졌다. 신나는 디스코 메들리에 엉덩이를 흔들어대는 아주머니도 눈에 띄었다.

나는 광어회에다 소주 한 병을 시켜 해수와 뱃전에 마주 앉았다. 검푸른 물결이 출렁이는 드넓은 바다에서 해수와 함께 마시는 술은 꿀맛이었다. 두 번째 잔을 입안에 털어 넣자 해수가 초장에 찍은 두툼한 광어회 한 점을 내 입안에다 쑥 넣어주었다. 해수의 머리카락이 바람에 날리며 재스민 향기를 내뿜었다. 나는 문 반장의 홍도행 결정이 신의 한 수였다며 엄지를 치켜세웠다.

"팀장님, 선영이는 누가 돌봐주기로 했어요?"

술잔을 들다 말고 걱정스러운 듯 해수가 물었다.

"오늘하고 내일, 선영이 작은 엄마가 챙겨주기로 했어."

"선영이가 참 안쓰러워 죽겠어요. 어릴 때 제 생각도 나고."

해수는 부모가 교통사고로 일찍 돌아가시는 바람에 할머니 손에 자랐다는 비밀을 털어놓았다.

유람선 관광이 끝나고 몽돌해변으로 발길을 돌렸다. 해가 서쪽 바다를 향해 서서히 기울자 항구를 떠난 어선들이 하나둘씩 거친 숨을 하얗게 내뿜으며 선착장으로 돌아오고 있었다.

귀항하는 어선 위로 아내의 얼굴이 나타났다 사라졌다. 몽돌해변이라는 이름에 걸맞게 둥그스름한 적갈색 몽돌들이 해안을 따라 끝없이 펼쳐지고 있었다.

나는 얼마나 많은 육신을 깎아내야 몽돌처럼 둥그러질 수 있을까. 얼마나 더 눈물을 쏟아내야 바닷물처럼 맑아질 수 있을까.

"어머, 팀장님! 이 꽃 좀 봐요. 너무 앙증맞고 예뻐요. 이거 무슨 꽃이에요?"

몽돌해변을 따라 펼쳐진 능선을 오르던 중 해안 기슭에 흐드러지게 핀 하얀 꽃무리를 발견하고 해수가 물었다. 우유를 엎질러 놓은 듯 새하얀 꽃무리가 바다를 향해 흘러내리고 있었다. 으아리꽃이었다.

"글쎄 잘 모르겠는걸."

나는 일부러 모른척하며 딴전을 피웠다.

"세상에, 팀장님도 모르는 꽃이 있어요?"

해수는 마치 낌새를 채기라도 한 것처럼 나를 똑바로 쳐다보았다.

지난번 야생화 촬영하러 동행했을 때 내가 렌즈를 들이대면 해수가 꽃 이름과 꽃말을 물어 술술 대답했던 일이 떠올랐다.

"이 꽃 너무 예쁘지 않아?"

나는 얼른 으아리꽃 옆에 피어있는 보라색 꽃을 가리켰다.

"아네, 예뻐요. 이 꽃 이름은 뭐예요?"

"꿀풀이라는 꽃이야. 밀원식물이라 꽃잎을 따서 꽁무니를 빨면 꿀물이 나와 그렇게 부르게 된 거지."

말이 끝나자마자 해수가 꽃말을 물어왔다.

"음, 꽃말이 뭔가 좀 달콤할 것 같지 않아? 꿀풀의 꽃말은 말이야. 너를 위한 사랑이야. 너를 위한 사랑…."

"어머나! 꽃 모양보다 꽃말이 더 마음에 들어요."

해수는 신기하다는 듯 허리를 굽혀 꿀풀을 바라다보았다.

나는 꽃잎 한 개를 따서 해수에게 건네주며 꽁무니를 쭉 빨아보라고 말했다.

"와우! 진짜 꿀물이 나와요. 팀장님도 한번 빨아보세요."

해수는 어느새 꽃잎 한 개를 내게 내밀었다.

7남매 중 막내로 태어난 아내는 두 돌도 채 지나지 않아 엄마가 세상을 떠났다. 어린 시절, 들판에 핀 꿀풀을 쭉쭉 빨며 엄마의 부재를 견뎌냈다며 눈물을 글썽이던 아내 모습이 눈가에 어른거렸다.

구강기 때 아내는 젖꼭지 한번 원 없이 빨아보지 못하

고 엄마를 떠나보내야 했다. 그때의 아쉬움과 여운이 그토록 허기와 갈증을 불러일으켰을까. 사치를 즐기고 다른 남자를 만나 정을 통한 행위도 욕구 불만에 따른 방어기제가 아니었을까. 나는 아리아드네의 실타래도 없이 점점 미궁 속으로 빠져들고 있었다.

아내가 커피숍 알바를 나간다고 했을 때 막았어야 했다. 여자 동창생이 커피숍을 냈다면서 일을 도와준다고 하기에 왠지 마뜩하지 않았다. 선영이가 아직 어리니까 딴생각하지 말고 육아에만 신경 써달라고 하자 아내는 당신 월급으로는 생활이 힘들다, 자기가 알바를 나가고 싶어서 나가냐며 버럭 신경질을 냈다.

아내는 친구 가게로 출근한 지 두 달도 되지 않아 쪽지 한 장 없이 집을 나가버렸다. 아내가 혜림이라는 친구의 커피숍에서 손님으로 드나들던 부동산업자 김 사장과 눈이 맞아 함께 도망갔다는 소문이 나돌았다. 사방팔방 아내를 찾아 나섰으나 헛수고였다. 아내는 가출한 지 3년이 지났는데도 깜깜무소식이다.

불현듯 아내의 생일날 선물을 사러 백화점에 들렀을 때, 명품 코너에 진열된 아이보리 핸드백을 넋을 잃고 바라보던 아내의 모습이 떠올랐다. 내가 점원에게 다가가 슬쩍 기격을 물어보았더니 1,000만 원이라고 했다. 소방관 월급과는 너무 동떨어진 숫자였다. 낚아채듯 아내의 손을 붙잡고 백화점을 빠져나왔다.

그날 이후, 아내는 평소보다 자주 불평을 늘어놓았다. 소방관이 자기 집안의 불도 하나 못 끄냐며 핀잔을 주기도 했다. 아내에게 환심을 사려고 백화점에 갔던 게 오히려 불쏘시개가 돼버린 셈이다. 아내가 내뱉은 말이 종종 마음에 걸렸다. 구석구석 비누칠까지 해대며 샤워를 했는데도 아내는 내 몸에서 불 냄새가 난다고 했다.

나는 소방관의 길로 들어선 지 1년도 되지 않아 화재 현장에서 부상을 당했다. 그 이후부터 나는 자다가도 이빨을 딱딱 부딪치며 식은땀을 흘렸다. 그러나 막상 화재 현장에 출동하면 무서워할 시간조차 없었다.

세 명을 구조하고도 한 명을 구해내지 못하면 그 혼령이 꿈속에서 나타나 살려달라고 손을 내밀어 죄책감에 가슴이 짓눌렀다.

저녁을 먹으러 몽돌해변에 있는 횟집에 들어갔다. 태풍주의보 영향으로 홍도에 들어온 사람이 적어 손님은 우리뿐이었다. 주문하고 나서 해수와 나는 통유리 밖에 펼쳐진 몽돌해변의 낙조에 시선이 쏠렸다. 식당 아주머니가 어두워야 노을이 잘 보인다고 능청을 피우며 전등 스위치를 껐다.

온종일 쉬지 않고 열기를 내뿜으며 서해로 달려온 해가 방화범으로 변해 여기저기 마구 불을 지르고 있었다. 불길에 휩싸인 섬은 온통 붉은 빛이었다. 섬이 모두 타버리기 전에 빨리 소방차를 출동시켜야 했다. 이 정도면 곧바로 대응 3단계를 발령해야 한다.

"손님. 회 나왔어요."

낙조에 한참 정신이 팔려있는데 종업원이 도미회가 가득 담긴 접시를 내왔다.

"문 반장, 오늘 고생 많았어. 한잔 받아."

해수는 잔은 들지 않고 먼저 술병부터 가로채려고 애써 손을 뻗었다.

"어허, 오늘은 문 반장이 주인공이니까 내가 먼저 주는 거야."

해수가 겸연쩍게 미소를 띠며 술잔을 내밀었다.

"회가 담백하고 정말 맛있네요. 술맛도 좋구요."

해수가 입맛을 다시며 엄지를 치켜세웠다.

"분위기 좋고, 사람 좋고, 안주 좋은데 술맛이 없을 수가 있나."

나는 활짝 웃으며 건배를 외쳤다.

"문 반장이 따르는 술에서는 넥타르 맛이 난단 말이야.

올림포스산에서 신들이 잔치할 때 청춘의 여신 헤베*가 따라준다는 그 불사주 말이야."

나는 술잔을 주고받으며 슬슬 분위기를 띄웠다.

"그렇게 표현해 주시니 저도 기분 좋은걸요. 제가 헤베처럼 불사신이라면 정말 딱인데. 마음대로 불길 속을 넘나들며 사람들을 구할 수가 있잖아요."

역시 해수다운 말이었다. 나도 한때 사무실 벽에 붙어있는 '어느 소방관의 기도'를 되뇌며 소방관으로서의 자부심을 느꼈다. 목숨을 옥죄는 방화복을 내팽개치고 싶을 때도 소방관의 기도는 나에게 불나방처럼 거침없이 불 속으로 뛰어들게 하는 용기를 주었다.

라면 한 그릇을 다 비울 때까지 비상벨이 울리지 않으면 대원들은 무슨 횡재라도 한 것처럼 서로 얼굴을 마주보며 씩 웃는다. 아니나 다를까. 컵라면을 먹던 중에 화재 출동을 알리는 벨소리가 요란하게 울려 퍼졌다. 대원들은 입가

---

* 주신 제우스와 헤라의 딸. 집안일을 관장하는 신이었으며, 신들과 있을 때면 그들에게 술을 따라주는 역할을 했다. 또한 젊음을 관장하기도 하여 헤라와 함께 숭배되었다. 예술작품에서는 미모가 뛰어난 어린 여자아이의 모습으로 묘사된다. 후에는 영웅이며 신인 헤라클레스와 관련되어 그가 불사신이 되어 하늘로 올라오자 그의 아내가 되었다.

에 묻은 라면 국물을 손등으로 문지르며 재빠르게 방화복을 챙겨 입었다.

소방관은 이성보다 먼저 직관이 작동할 때가 많다. 화재 현장에서 유모차가 눈에 띄면 괜히 마음이 다급해진다. 그 순간 소방관은 생면부지의 아이를 구하려고 자신의 목숨을 돌보지 않고 기꺼이 화염 속으로 돌진한다.

청솔마을 화재 현장에 다다르자 빌라 1층 창문으로 시커먼 연기가 치솟아 올랐고 방안에서 아이의 비명소리가 들려왔다. 해수는 거침없이 불길 속으로 뛰어들었다. 잠시 후, 해수가 겁에 질린 어린아이 한 명을 안고 나오더니 숨 돌릴 틈도 없이 재차 화마 속으로 빨려 들어갔다.

내가 1초만 더 늦게 뛰어들었어도 해수는 지금 내 곁에 없을 터였다. 한 치 앞을 분간할 수 없는 뜨거운 연기 속에서 두 손을 더듬거려 쓰러져있는 해수를 찾아냈을 때는 이미 정신을 잃은 상태였다. 방화 헬멧이 녹아내릴 정도였으니까 살아있다는 자체만으로도 이미 불사신의 경지에 다다른 것이다.

그날 해수가 불길 속으로 사라질 때 등에 달라붙은 공기통에 새겨진 '문해수'라는 글자가 내 망막에 뚜렷하게 각인되어 있다.

"그렇게 죽을 고비를 넘기고도 그런 말이 나와?"

나는 해수의 턱에 난 화상 흉터를 바라보며 입을 열었다.

해수는 대답 대신 흉터를 매만지며 수줍은 듯 배시시 웃었다.

"문해수 소방대원, 상관으로서 명령한다. 살려서 돌아오라. 그리고 살아서 돌아오라!"

"넷. 명심하겠습니다."

내가 비장한 어조로 엄명을 내리자 해수는 즉각 거수경례를 하며 대답했다.

식사가 끝나고 해수는 종업원에게 먹다 남은 도미회를 포장해달라면서 소주도 3병이나 샀다.

식당을 나서자 해수가 다가와 팔짱을 끼었다. 술기운과 함께 해수의 체온이 느껴졌다.

해수가 호프집에서 어떤 남자와 술잔을 맞대고 있었다. 나는 장승처럼 우뚝 서서 유리창을 통해 두 사람의 행동을 지켜보았다. 해수 또래의 남자가 두 손으로 제스처를 써가며 해수와 다정하게 이야기를 나누고 있었다. 한참 동안 두 사람의 모습을 살피다가 선영이가 기다리는 집을 향해 발길을 돌렸다. 해수를 바라보며 미소 짓던 그 남자의 모습이 클로즈업되며 몸이 부르르 떨렸다.

"아빠, 엄마 때문에 힘들어?"

식탁에 앉자마자 소주를 마시는 아빠가 걱정스러운 듯 선영이가 입을 열었다.

"아니야, 사무실에서 좀 안 좋은 일이 있어서 그래."

나는 대충 얼버무리고 연거푸 강소주를 들이켰다. 가슴 속에서 뜨거운 불길이 치밀어 올랐다. 사실 해수는 내가 넘봐서는 안 되는 사람이었다. 선영이를 돌봐주는 것만 해도 과분한데 내가 딴마음을 먹다니. 더구나 해수는 서른다섯 살에다 미혼이 아닌가.

"아빠, 내가 라면 끓여줄까?"

선영이가 측은한 표정을 지으며 물었다. 쌍꺼풀진 눈망울과 긴 눈썹이 꼭 엄마를 닮았다. 주방에서 라면을 끓이고 있는 선영이의 뒷모습을 바라보았다. 오늘 보니 목덜미도 영락없는 아내다. 나는 억장이 무너졌다.

"아빠는 요리 중에서 우리 공주님이 끓여준 라면이 제일 맛있더라."

나는 라면을 한 입 후루룩 빨아들이며 선영이를 향해 엄지를 치켜세웠다.

"정말이야, 아빠?"

"그럼, 우리 공주님이 만든 요리를 먹으면 내가 왕자가 된 기분이거든."

"왕자님, 어서 드시와요."

선영이가 두 손을 모아 배꼽에 대고 머리를 조아리며 사극 흉내를 냈다.
"선영아, 엄마 많이 보고 싶지?"
나는 긴 머리를 쓰다듬어 주며 조심스럽게 물었다.
"음, 보고는 싶은데, 이모가 있으니까 괜찮아."
"해수 이모 좋아?"
"응, 너무 좋아!"
창백하던 선영이 얼굴에 핑그르르 핏기가 번졌다.

숙소에 도착하자 해수는 포장해 온 안주를 꺼내며 종이컵에다 소주를 가득 따랐다.
"이혼할 생각 없으세요? 팀장님!"
내가 한입에 소주를 털어 넣자 해수가 빈 잔에 술을 따라주며 말을 걸었다.
"아직 기다려 봐야지. 언제 돌아올지 모르니까."
"언제 돌아올 줄 모르니까 이혼을 해야죠. 지난번 선영이와 놀이터에 갔는데 어떤 아이가 니네 엄마냐고 물으니까 선영이가 고개를 끄덕여 제가 마음이 아팠다구요."
"이혼하려면 이혼 사유가 있어야지. 집을 나갔다고 해서 무조건 이혼이 되는 건 아니잖아."
"무슨 말씀을요. 그냥 집을 나간 것이 아니라 바람을 피웠잖아요. 바람."

"그것도 소문뿐이지 현장을 목격한 것도 아니고 증거가 없는데?"

"제가 인터넷을 검색해 보니까 이혼 사유 중에 부정행위 외에도 배우자가 3년 이상 생사불명일 때는 법적으로 이혼할 수가 있대요. 부정행위와 생사불명 2가지를 걸어서 이혼 신청하면 한 가지는 해당할 것 같은데…."

해수는 자신이 무슨 이혼 전문 변호사인 양 이혼 사유까지 들먹거리며 열을 올렸다.

"아내가 떠나고 나니 모든 일이 자신이 없단 말이야! 재혼한다고 해도 행복하다는 보장도 없고."

나는 해수에게 푸념을 늘어놓았다.

"팀장님은 대한민국의 소방관이자 한 아이의 아버지입니다. 미국에서는 소방관이 영웅 칭호를 받는다고 하잖아요. 팀장님!"

"영웅은 무슨 개뿔. 아내 명품 백 하나 못 사주는 주제에…"

"팀장님, 술 좀 남기고 드세요. 화재 출동 다녀와서 바지를 새로 갈아입으면 불이 난다는 말이 있잖아요."

내가 단숨에 잔을 비우자 해수가 걱정스러운 표정으로 입을 열었다.

"지난번에 수작 호프집에서 만난 그 남자 누구야?"

나도 모르게 말문이 터져 나왔다.

"어떻게 알았죠? 팀장님. 이거 특급 비밀인데…."

해수는 뜸을 들이며 나를 빤히 쳐다보았다. 나는 목구멍이 뜨거워져 술을 들이부었다.

"그냥 술친구예요. 술친구."

당황스럽다는 듯 해수가 말을 이어갔다.

"그 남잔 전번에 화재 현장에서 제가 구해낸 청년이어요. 저를 생명의 은인이라며 찾아와 술 한 잔 산다는데 거절하기도 뭐해서 그냥 호프집에 갔던 거고. 그런데 팀장님, 저를 미행한 거예요?"

"아니, 퇴근길에 그 호프집 옆을 지나가다 우연히 봤어."

"팀장님은 그동안 인명을 몇 명이나 구조했어요?"

내가 머쓱해 하자 해수는 화제를 바꿨다.

"아마 수백 명은 될 거야."

"와우! 수백 명, 이상호 팀장님, 정말 멋져요!"

"멋지기는, 아내 한 명도 지켜내지 못했는데."

분위기가 무겁게 가라앉자 해수가 빈 소주병을 마이크 삼아 노래를 부르기 시작했다. 소방학교에서 배운 '사랑의 길'이었다.

그대 소방을 왜 선택했나
　　멋진 사랑을 하고 싶어서
　　그런 사랑을 누구와 하고 싶은가
　　위험에 처한 사람은 누구나 좋아

"팀장님도 같이요."
해수가 소주병을 내 입에다 갖다 댔다.

　　힘든 길인지 알고 택했나
　　아무나 할 수 없어서 좋아
　　너무 힘들어 지치면 어떻게 하지
　　숭고한 사랑 위해서 힘을 내야지
　　우리를 기다리는 생명 있는 곳
　　그곳이 우리 사랑 펼쳐지는 곳
　　아무리 어렵고 힘든 길일지라도
　　소방은 내가 택한 숭고한 사랑의 길

　합창이 끝나자마자 해수가 쓰러지듯 나를 껴안았다. 해수의 몸에서 불 냄새가 풍겼다.
　스물세 살 되던 해, 소방관으로 부름을 받고 청춘을 바친 지 20여 년, 뭇 생명은 불길 속에서 나를 향해 구조의 손길을 내밀었고, 죽음은 늘 가까이 있었다. 지난했던 삶의 편린들이 파노라마처럼 스쳐 지나가며 점점 의식이 희미해졌다.

나는 발가벗긴 채 질퍽거리는 개펄 속으로 빨려 들어가고 있었다. 탈출하려고 허우적거렸지만 그럴수록 몸은 더 빨려들었다. 무슨 일이 있더라도 손에 든 명품 백 만큼은 지켜내야 했다. 나는 안간힘을 다해 가방을 높이 치켜들었다. 언제 왔는지 해수가 나를 끌어당겼다.

"아빠, 언제 들어올 거야?"
"응. 선영아. 퇴근하고 지금 집에 가는 중이야."
"아빠, 얼른 와. 내가 크리스마스 케이크 차려놓고 엄마 빨리 돌아오게 해달라고 기도하고 있을게."
"그래, 알았어. 빨리 갈게."

선물 가게에 들렀다. 크리스마스이브라 사람들로 북적거렸다. 선영이가 좋아하는 판다곰 인형을 안고 집을 향해 발걸음을 재촉했다.

"불이야!"

연기가 치솟고 있는 골목으로 몸을 날렸다. 화마에 휩싸인 집안에서 아이의 울음소리가 흘러나왔고 사람들은 발을 동동 구르며 소방차를 기다리고 있었다. 나도 모르게 불길 속으로 뛰어들어 거실에 웅크리고 있는 아이를 안고 밖으로 나왔다. 웅성거리던 사람들이 한꺼번에 탄성을 지르며 박수를 보냈다. 아이는 다행히 큰 부상은 아니었다. 소방차가 올 때까지 안전사고에 대비해 사람들의 접근을 통제했다.

소방차가 도착하자 나는 집을 향해 발걸음을 재촉했다. 손이 허전했다. 다시 화재 현장으로 달려가 두리번거리며 인형을 찾기 시작했다. 현장을 지켜보던 아주머니가 아까 내가 곰 인형을 손에 든 채 불길 속으로 뛰어들었다고 말해주었다.

동네 앞 횡단보도 맞은편에 아내가 서 있었다. 선영이 기도에 응답이라도 하듯이. 아내는 비취색 원피스 차림에다 아이보리 핸드백을 들고 불과 몇 미터 앞에 서서 나를 바라보고 있다. 아내에게 무슨 말을 해야 할까. 입이 바짝 타들어갔다.

나를 주시하던 아내가 고개를 돌리더니 종종걸음으로 골목길로 사라졌다. 나는 신호를 무시하고 횡단보도를 가로질렀다.

"선영 엄마!"

긴 머리를 찰랑거리며 골목길을 걸어가는 아내를 발견하고 나는 엉겁결에 소리를 질렀다.

아내가 깜짝 놀라며 뒤를 돌아다보았다.

'이럴 수가. 분명 선영 엄마였는데.'

나는 길바닥에 풀썩 주저앉았다.

삐뽀삐뽀 삐뽀삐뽀.

멀리서 구급차 사이렌 소리가 들렸다. 나는 서둘러 발길을 돌렸다. 집 앞에 서 있는 소방차가 눈에 들어왔다. 소방대원들이 관창 달린 소방호스를 접는 걸로 보아 이미 화재 진압이 끝난 상황이었다.

나는 선영이를 부르며 미친 듯이 집안으로 뛰어들었다. 매캐한 냄새가 코를 찔렀다. 거실 안쪽에 촛농을 뒤집어쓴 케이크가 발화점임을 암시해 주고 있었다.

현장에 있던 소방관은 신고를 받고 화재 현장에 도착했을 때, 엄마로 보이는 여자가 아이를 부둥켜안고 현관 밖에 쓰러져 있었는데 둘 다 화상이 심해 병원으로 후송했다고 상황을 설명했다.

나는 병원으로 달려갔다. 선영이는 온몸에 화상을 입어 중환자실에서 치료를 받고 있었다. 선영이 병상 옆에 해수도 함께 치료 중이었다. 해수 또한 중상이라 의사소통이 불가능한 상황이었다.

다음날, 해수가 눈을 치켜뜨며 선영이 이름을 불렀다.

크리스마스 선물을 사들고 집에 갔는데 불길이 막 치솟았고, 화염 속에서 선영이를 안고 나오다가 정신을 잃었다고 했다.

기대와는 달리 선영이의 증세는 호전되지 않고 점점 악화되었다. 폐 손상이 심해 인공호흡기로 겨우 생명을 붙들고 있었다.

담당 주치의가 나를 만나자고 했다. 주치의는 현재 상태로 보아 선영이가 생존 가능성이 1%도 없다는 거였다. 이미 폐가 다 망가져 회복 불가능한 단계로 환자에 대한 치료는 의학적으로 아무런 의미가 없다고 했다. 인공호흡기를 매달아 두면 이삼일 동안은 연명할 수는 있으나 환자가 엄청 고통스러울 거라며 어떻게 하시겠냐고 물었다.

"선생님, 저는 화재 현장에서 목숨을 걸고 수많은 생명을 구해냈습니다. 제 딸이 불구덩이 속에서 사경을 헤매고 있을 때도 저는 다른 아이를 구하느라 집에 가지 못했어요. 제 딸을 살려주세요. 선생님, 이대로는 너무 억울합니다. 제가 장기도 다 바치겠습니다. 제발 제 딸의 목숨을 살려 주세요. 네, 선생님!"

나는 주치의를 붙들고 통사정을 했다.

의사는 입을 꼭 다문 채 나를 껴안고 손바닥으로 등을

토닥거렸다.

우리 선영이를 이틀밖에 볼 수가 없다니. 한때나마 가졌던 소방관의 자부심이 와르르 무너져 내렸다. 혀가 바짝 타 들어 가 말을 할 때마다 낙엽처럼 바스락거렸다.

우리 예쁜 딸에게 더는 고통을 줄 수 없었다. 뜬눈으로 밤을 지새우고 선영이 면회를 갔다. 선영이는 인공호흡기에 생명을 의지한 채 천장만 멀거니 바라보고 있었다.

"선영아, 그날, 아빠가, 화재 현장에서, 널 닮은 소녀를 구하느라 늦었어. 아빠 용서해줄 수 있지? 아빠가 선물로, 판다곰 인형도 샀다. 선영아, 하늘나라에 가서, 아빠 기다리고 있어. 이번엔 아빠가, 늦지 않을게. 약속, 선영아, 사랑해!"

나는 선영이를 껴안고 애써 눈동자를 마주치며 마지막 작별 인사를 했다.

근무가 끝나자마자 해수가 입원한 병실로 향했다.
"내가 좋아한 장미꽃 사왔네!"
해수는 시각보다 후각으로 먼저 장미꽃임을 알아차렸다. 해수는 화상으로 망막 신경 일부가 손상되었다. 나는 주치의에게 해수의 시력이 회복되지 않으면 내 눈을 기증할 수 있게 해달라고 간곡히 부탁했다.

"해수야, 미안해. 나 때문에 일이 이렇게 돼버렸어."

"아니에요. 팀장님, 팀장님은 저를 구했는데 저는 선영이를… 조금만 더 일찍 도착했어도 우리 선영이를 살릴 수 있었는데…."

해수는 분노와 회한이 복받친 듯 터져 나온 눈물방울이 어느새 베갯잇을 적시고 있었다. 나는 해수의 손을 꽉 붙잡고 입을 앙다물었다.

해수는 시력을 잃기 전에 선영이 유골이 있는 추모공원에 꼭 한번 가보고 싶다고 했다. 나는 주치의에게 해수의 딱한 사정을 이야기하며 외출을 허락해 달라고 간청했다. 주치의는 환자 병세가 위중하여 병원을 벗어나면 큰 문제가 생길 수 있으니까 병원장과 한번 상의해보겠다고 고개를 갸웃거렸다.

담당 간호사가 달려와 외출 허가 소식을 전했다. 병원 측에서 특별히 앰뷸런스까지 대기시켰다며 얼른 준비하라고 귀띔해주었다. 앰뷸런스는 병원을 빠져나와 추모공원을 향해 내달렸다. 차창 너머로 아득히 눈발이 흩뿌리고 있었다. 선영이와 깔깔거리며 눈길에서 썰매를 타던 일이 떠올랐다. 오랜만에 바라본 거리 풍경이 낯선지 해수는 자꾸 눈꺼풀을 만졌다. 한 시간쯤 지났을까. 앰뷸런스가 추모공원 앞에 멈춰 섰다.

　　소방관을 꿈꾸다
　　불꽃이 되어버린 소녀
　　여기 잠들다

　추모 글 아래 영정사진 속에서 선영이가 새하얀 덧니를 드러내며 해맑게 웃고 있었다.
　"우리 공주님은 꿈이 뭘까?"
　"아빠처럼 나도 소방관이 될 거야."
　"왜 소방관이 되고 싶어요? 공주님!"
　"소방관이 되면 불길 속에서 생명들을 구해낼 수가 있잖아."
　선영이 얼굴이 클로즈업되며 목소리가 되살아났다.
　"선영아, 얼마나 무서웠니? 미안해 선영아, 이모가 널 구해주지 못해서…."
　해수가 휠체어에 앉아 선영이 사진을 어루만지며 흐느끼기 시작했다. 들먹거리는 어깨와 함께 휠체어가 흔들거렸다.

　병실 창문으로 다스한 햇살이 내비치는 일요일 오후, 나는 해수를 휠체어에 태워 병원 뜨락을 산책했다. 목련 가지 끝에서 아린을 뚫고 새하얀 꽃눈이 수줍게 고개를 내밀고 있었다.

봄의 손길이 닿는 곳마다 메마른 나무들이 꽃눈을 피워 내는 경이로운 모습을 보면서 나는 죽은 사람도 살려낸다는 중국 전국시대의 명의인 편작을 생각했다. 지금 해수에게는 편작의 도움이 절실히 필요했다. 이제 해수는 절망 속에서 나를 되살릴 수 있는 단 하나뿐인 희망의 불씨였다.

"팀장님, 우리 홍도 여행 갔을 때 몽돌해변에 핀 그 하얀 꽃 이름이 뭐예요?"

해수가 뜬금없이 말을 꺼냈다.

"아, 그거, 으아리꽃이야!"

해수의 돌직구 질문에 나도 모르게 이름이 튀어나와 버렸다. 이제 남은 건 해수가 꽃말을 물어 올 차례였다. '이루어질 수 없는 사랑' 바로 그 꽃말이었다. 나는 안절부절못하며 해수의 처분만을 기다리고 있었다.

해수는 매니큐어가 지워진 거친 손톱을 만지작거리며 올여름에는 봉숭아 꽃물을 들이고 싶다고 말했다. 나는 여름이 오면 제일 먼저 봉숭아 꽃물을 들여 주겠다고 해수와 새끼손가락을 걸며 '어느 소방관의 기도'를 암송했다. 어느새 해수의 목소리도 함께 울려 퍼졌다.

제가 부름을 받을 때에는
신이시여
아무리 뜨거운 화염 속에서도
한 생명을 구할 수 있는 힘을 주소서

너무 늦기 전에
어린아이를 감싸 안을 수 있게 하시고
공포에 떠는 노인을 구하게 하소서

내가 늘 깨어 살필 수 있게 하시어
가냘픈 외침까지도 들을 수 있게 하시고
신속하고 효과적으로 화재를 진압하게 하소서

그리고
신의 뜻에 따라
저의 목숨을 잃게 되면
신의 은총으로
저의 아내와 가족을 돌보아주소서!

크리스탈 랩소디

자욱한 안개가 우뚝 치솟은 감시탑을 휘감았다. 기회를 엿보던 죄수들이 담쟁이 잎으로 변장하여 일제히 담벼락을 기어오르기 시작했다. 담장 위 철조망에 날개가 꺾인 비둘기 한 마리가 겁에 질린 채 매달려 있었다. 안개가 파도처럼 너울거리자 감시탑은 어느새 외딴섬의 등대로 변했다.

담당 교도관이 정문까지 마중 나와 나를 안내했다. 원래는 재소자들의 사회복귀를 지원하는 차원에서 취업 위주로 프로그램을 진행해 왔는데, 재범률이 줄지 않아 인문학 강의를 편성하게 된 거라고 설명했다. 나는 교도소 출강이 처음이라 걱정부터 앞섰다.

강의 시작하고 몇 분도 안 돼 꾸벅꾸벅 졸고 있는 재소자들이 눈에 띄어 신경이 쓰였다. 뒤쪽에 앉아있던 얼굴에 칼자국 흉터가 선명한 대머리 아저씨는 아예 책상에 엎드려 고개를 쳐들지도 않았다. 교도소 출강했다가 재소자들과 라포가 형성되지 않아 첫머리부터 진땀을 뺐다는 어느 스타 강사의 말이 실감 났다.

그 틈에서도 유독 시선을 끄는 사람이 있었다. 그는 강의실 맨 앞자리에 곧추앉아 내가 말할 때마다 고개를 끄덕이며 노트에다 한 글자 한 글자 받아 적었다. 그는 풍채가 좋아서인지 파란색 명찰이 달린 수의마저도 어색하지 않았고, 미간에 박힌 사마귀는 부처님 형상을 떠올리게 했다.

첫 시간이 끝나고 재소자들이 햇볕을 쬐러 강의실 밖으로 우르르 몰려나가자 그가 좌우를 두리번거리며 내게 다가왔다.

"강사님, 정말 강의 잘하시네요. 강의 내용에 너무 감동해서 제가 감사의 뜻으로 편지 한 장 썼어요. 이따 강의 끝나고 한번 읽어보세요."

그는 학 모양으로 접은 쪽지를 건네주며 부랴부랴 밖으로 사라졌다.

그의 호응으로 생각보다 수월하게 강의를 마치고 집으

로 돌아가는 길에 주머니에서 쪽지를 꺼냈다.

    강사님
    이 쪽지 우리 집사람에게 꼭 전해주세요.
    010 6003 0019(김은혜)
    제 집사람 연락처입니다.
    여보, 우리 강사님이야.
    강사님 편에 크리스탈 좀 보내줘.
    깨지지 않게 잘 포장하고.
    물건 받았다는 내 쪽지 받으면
    강사님한테 2억 원 지급해 드려.
    강의리

  손이 부들부들 떨리고 덩달아 쪽지도 흔들거렸다. '2억 원'이라는 글자에 시선이 꽂히자 사채업자 마 부장의 험상궂은 얼굴이 떠올랐다.
  몇 번을 다시 읽어봐도 2억 원이다. 크리스탈에 무슨 사연이 숨어있는 걸까. 크리스탈이 그가 소지하기만 하면 금방이라도 가석방으로 풀려날 수 있는 행운의 마스코트라도 된다는 말인가. 아니야, 크리스탈을 깨뜨려 흉기로 사용할 수도 있어. 그걸 이용해 자신을 괴롭히는 재소자나 교도관을 죽일 수도 있을 거야. 그의 후덕한 인상으로 보아 남을 해치지는 않을 것 같은데 사람의 마음을 알 수가 없지. 하긴 2억 원이나 주고 건네받은 크리스탈로 남에게 피해를 주지는 않겠지. 만약 그런 행위를 저지른다면 형이 가중되어 교도소에서 생을 마감할 수도 있으니까. 그렇다면 도대체 크리스탈을 손에 넣으려는 의도가 뭘까.

나는 의문의 실마리를 찾으려고 그와 크리스탈을 결부시켜 한참 동안 머리를 굴렸다. 얼마 전에 병원에서 치료받던 한 수형자가 도주한 사건이 떠올랐다. 만약 그가 크리스탈 조각으로 자해하고 입원 중에 감시가 소홀한 틈을 노려 탈출을 기도한다면….

자꾸 쓸데없는 생각이 꼬리를 물었다. 나한테 당장 중요한 것은 현금 2억 원이다. 2억 원 외에 다른 것은 다 부질없고 사치스러운 잡념이었다.

"여보세요. 김은혜 씨 아닌가요?"
"네, 제가 김은혜인데요. 누구세요?"
"혹시 강의리 씨 아세요?"
"네, 강의리 씨는 제 남편인데요."
"아, 그러세요. 제가 오늘 ○○교도소에 강의하러 갔는데요. 남편분이 김은혜 씨에게 전달하라고 쪽지를 줬거든요."

"아, 그래요. 그럼 어디서 만날까요?"

앳된 그녀의 목소리는 의외로 차분했다.

글로리아 커피숍에 들어서자 그녀가 먼저 와서 기다리고 있었다. 그녀는 탁자, 화분, 샹들리에, 그리고 그녀가 아닌 다른 사람들을 모두 차례로 무화(無化)시켜 희미한 배경 속으로 밀어 넣어버렸다. 흰색 원피스 차림의 그녀는 유난히 목이 희고 길었다. 그녀가 날개를 펼쳐 보이자 커피숍은 온통 호수로 변했다. 잔잔히 흐르는 선율에 맞춰 백조가 우아하게 춤을 추기 시작했다. 나는 그만 백조의 자태에 넋을 잃고 말았다.

"쪽지는요?"

입을 헤 벌린 채 멍하니 앉아있는 나를 향해 그녀가 말을 던졌다.

나는 흠칫 놀라며 쪽지를 내밀었다.

"강사님은 교도소에서 뭘 강의하세요?"

쪽지를 한번 쭉 훑어보고는 그녀가 말을 걸었다.

"인문학 강연요."

"어머! 저도 인문학 좋아하는데…"

"아! 그러세요. 반갑습니다. 혹시 기억에 남은 책 구절이라도?"

나는 책 이름 대신 책 구절로 말이 헛나가버렸다.

"모파상의 『여자의 일생』 마지막 문장을 좋아해요. 인생은 생각만큼 그렇게 행복하지도 불행하지도 않다는 그 구절 말이에요."

그녀와 소설의 주인공 잔느가 오버랩되며, 남편과 아들, 하녀에게 배신당하면서까지 지난한 생의 한가운데를 뚜벅뚜벅 걸어가는 한 여자의 불행한 삶이 선명하게 재생되었다.

"저도 그 문장 되게 좋아합니다."

"텔레파시가 나쁘지 않네요. 그이는 강연 잘 듣고 있나요?"

"남편분이 수강생 중에서 수업 태도가 가장 좋아 제가 강의할 맛이 납니다. 사실 교도소 강의가 만만하지 않거든요. 막 나가는 선생들이 너무 많아서…."

그녀는 하얀 이를 드러내며 배시시 웃었다.

"물건 가져올 테니 내일 오전 10시에 이곳에서 만날까요?"

"네, 알겠습니다."

나는 그녀와 눈인사를 하고 돌아섰다.

그녀의 목에 걸린 다이아몬드 목걸이가 은하수처럼 반짝거렸다. 하늘의 모든 별이 그녀에게 박혀있었다.

다음날 그녀를 만났다. 그녀는 담뱃갑만 한 크기로 포장한 물건을 건네주었다.

"생각보다 크리스탈이 크지 않네요."

"원래 귀중품은 사이즈가 작잖아요. 깨뜨리지 않게 조심하세요."

내가 의아해하자 그녀가 웃으며 말했다.

"혹시 남편분이…."

"왜요, 뭐 궁금한 거 있어요?"

남편이 크리스탈을 보내달라는 이유를 물어보려다가 중간에 입을 꾹 다물어버리자 그녀가 나를 빤히 쳐다보며 물었다.

"아뇨, 남편분도 혹시 인문학을 좋아한가 해서요."

"그이는 이과 출신이라 별로예요."

집에 돌아오자마자 주머니에서 크리스탈을 꺼냈다. 문을 걸어 잠그고 촉각을 곤두세워 포장지를 손으로 더듬거렸다. 딱딱한 유리 재질보다는 고무처럼 연한 감촉이 느껴졌다. 나는 조심스럽게 비닐 테이프를 벗겨냈다. 갑 속의 비닐봉지 안에 숨겨진 백색 알갱이들이 민낯을 드러냈다. 언젠가 TV에서 본 그 공포의 마약 필로폰이었다. 등골이 오싹했다.

갑자기 휴대폰 벨이 울렸다.

"당신, 이달 말까지 돈 안 갚으면 알지. 니 딸 학교 내가 다 알아놨어. 어디 한번 두고 보자."

마 부장이 거칠게 혀끝을 놀려댔다.

증권회사 다니는 친구 말만 믿고 사채를 얻어 주식에 투자한 게 화근이었다. 몇 배 수익은커녕 얼마 가지 않아 주식은 휴지 조각이 돼버렸다.

나는 마 부장의 협박에 못 이겨 로또에 손을 대기 시작했다. 번번이 돈이 걸려들지 않았지만 한 주도 빠짐없이 로또 판매점을 드나들었다. 어부가 빈 배로 돌아와서는 다음 날 다시 바다에 나가 그물을 던지는 형국이었다.

강의 시간이 점점 다가오고 있었다. 나는 담당 교도관에게 전화를 걸어 급한 일이 생겼다고 둘러대고는 작업에 들어갔다. 그녀에게 전달하기 전에 쪽지를 복사해 두었던 게 신의 한 수였다. 쪽지를 펼쳐놓고 수백 번 그의 필체와 사인을 흉내 냈다.

여보, 물건 잘 받았어.
강사님한테 2억 원 지급해 드려.
강의리

노력은 결코 사람을 배신하지 않는 법이다. 위조한 쪽지에 적힌 필체와 사인이 지난번 쪽지와 구분하기 어려웠다. 완벽함은 더는 보탤 것이 없을 때 완성되는 것이 아니라 더는 빼낼 것이 없을 때 완성된다는 생텍쥐페리의 말처럼 쪽지는 군살 하나 없이 날씬했다.

　크게 한번 심호흡하고 나서 그녀에게 전화를 걸었다. 남편에게 크리스탈을 잘 전달하고 쪽지를 받아왔다고 하자, 그녀는 내일 저녁에 글로리아 커피숍 옆에 있는 와인 바에서 만나자고 했다.

　전화벨이 울렸다. 마 부장이다. 내일이면 2억 원이 들어온다고 생각하니 마 부장도 겁나지 않았다. 나는 마 부장에게 역제안했다. 내일 밤까지 현금으로 1억 원을 갚아줄 테니 5천만 원을 감해 달라. 그래도 원금보다 5천만 원이나 더 받는 거 아니냐. 그렇지 않으면 한 푼도 못 주겠다고 배짱을 부렸다. 의외의 반응에 당황한 마 부장이 돈이 느닷없이 하늘에서 떨어진 것도 아니고 그걸 어떻게 믿느냐며 증거를 내놓으라고 했다.

　나는 휴대폰으로 쪽지를 찍어 보내주며 자초지종을 털어놓았다. 마 부장은 마약 장사가 최고로 돈벌이가 되는 사업인데, 박 사장 정말 큰손 물었다며 갑자기 목소리 톤을

낮추더니 잘 부탁한다고 말했다. 마 부장은 내일까지 1억 원을 못 갚으면 한 달 내로 2억 원을 주고, 만약 이를 어길 경우 손가락 하나를 내놓겠다는 약정도 추가로 요구했다.

한 시간쯤 지났을까. 마 부장이 다시 전화를 걸어왔다.

"어, 박 사장. 낼까지 약속 지킬 수 있지? 그러고 말이야. 그 아이스 좀 남은 거 있어? 크리스탈 말이야."

"그대로 다 전달했습니다."

"박 사장 이거 정신 나갔구만. 그게 얼마나 비싼 건데 절반은 뚝 떼놓고 갖다줘야지."

마 부장이 툴툴거리며 전화를 끊었다.

왜 그녀가 내일 저녁에 만나자고 했을까. 하긴 큰돈을 마련하려면 시간이 좀 걸리겠지. 우선 1억 원만 가져와도 성공이다. 와인 바로 장소를 잡은 이유가 있을까. 취기가 오르면 미인계로 나를 유혹하여 그녀가 협상을 유리하게 끌고 갈지도 몰라. 뽕쟁이 남편이 꼴 보기 싫다며 나와 함께 도망가자고 하면 어떡하나. 처음부터 나를 바라보는 눈빛이 좀 이상했어. 가슴이 두근거려 내일까지 기다릴 수가 없었다.

"여보세요"

"…"

신호음이 들리다가 뚝 끊겼다. 재차 통화를 시도했으나 마찬가지였다. 설마 무슨 일이라도…. 나는 내일 저녁까지 기다리기로 했다.

조금 일찍 랑데부 와인 바에 도착하여 그녀를 기다렸다. 약속 시간이 점점 다가왔다. 천사 같은 그녀와 랑데부를 할 줄이야. 문이 열리고 들어서는 사람마다 모두 그녀로 보였다. 10분이 지났으나 그녀가 나타나지 않았다. 혀가 바짝바짝 타들어 갔다.

20분을 더 기다리다가 그녀에게 전화를 걸었다.

"지금 거신 번호는 없는 번호입니다. 다시 확인하시고 걸어주세요."

안내 멘트에 머리가 하얘지며 현기증이 났다. 순찰차 사이렌 소리가 점점 가까이 들려왔다. 나는 황급히 자리를 빠져나왔다.

나는 커피숍에 들러 평소 즐겨 마시던 카페라테 대신 콜드브루를 주문했다. 긴장을 옥죄기엔 콜드브루가 더 나을 것 같았다. 마지막 한 방울까지 입안에 털어 넣고 휴대폰을 꺼내 시간을 확인했다. 모나리자는 9시에 문을 여니까 당장 서둘러야 했다.

종로약국 앞 건널목에 이르자 신호등이 빨간불이었다.

편도 1차로라 몇 발짝만 내디디면 횡단보도를 건널 수 있는데 신호등에게 발목을 붙잡혔다.

횡단보도를 지나 왼쪽 길로 접어들자 대박통신이라는 휴대폰 대리점 간판이 눈에 띄었다. 며칠 전까지만 해도 이곳에는 분명 현금당이라는 금은방이 있었다. 나는 길을 잘못 들었나 싶어 이리저리 주변을 둘러보았다. 바로 옆에 도원 주점이 있는 걸로 보아 이 길이 맞다.

하필 상호가 대박통신이라니. 나는 국기에 대한 경례를 하듯 한참 동안 부동자세로 경건하게 간판을 바라다보았다. 대박이란 글자가 눈 안에 가득 차올랐다.

'그래. 인생은 바로 한 방이야!'

나는 모나리자를 향해 발길을 재촉했다.

투명한 원통 안에서 숫자가 적힌 오색 로또볼이 뱅글뱅글 돌더니 밖으로 한 개가 툭 튀어나왔다. 첫 번째 나온 볼은 27번이었다. 40, 1, 37, 20번 순서로 번호가 이어졌다. 내 손에 있는 복권에 운 좋게도 이 다섯 개의 번호가 다 들어있다. 이제 번호 한 개만 맞으면 된다. 나는 쿵쾅거리는 가슴을 억누르고 TV 화면을 뚫어지게 바라보았다.

황색볼 9가 안간힘을 다해 달리고 있었다. 나는 숨을 죽이고 9를 응원했다. 로또를 움켜쥔 손에 땀이 났다. 결승선에 다다를 무렵 난데없이 43번 녹색볼이 나타나 서로 엎치락뒤치락하더니 눈 깜짝할 사이에 9를 제치고 결승선을 통과해 버렸다.

내가 좋아하는 숫자는 '9'였다. 1부터 9까지 어떤 숫자를 9와 곱해도 그 숫자의 합은 변함없이 9가 된다. 9×9=81에서 8+1=9가 되지 않는가. 나는 9와 같은 친구 한 명만 있다면 인생은 행복할 거라고 생각했다.

나는 승강장 9-4에서 전철을 탄다. 해리포터가 런던 킹스크로스 역 9와 3/4 플랫폼에서 마법학교 호그와트로 가는 급행열차를 타듯 말이다. 9-4 승강장에서 전철에 오르면 나는 저절로 마법사가 된다. 주문을 외우며 산사나무 지팡이를 휘둘러, 딱총나무 지팡이를 든 악당 볼드모트 화신인 마 부장을 물리치고, 결국 로또 1등을 거머쥐는 상상을 하다 보면 저절로 입이 벌어진다. 한번은 이런 생각을 하다가 환승역을 지나친 적도 있다.

제복을 입은 교도관이 나를 노려보며 소지품을 모두 꺼내놓으라고 지시했다. 나는 휴대폰과 손수건 그리고 신용카드와 1만 원권 지폐 몇 장이 든 지갑을 꺼냈다. 교도관은 장부에다 물품 목록을 기재한 후 사인을 받았다. 뒤이어 흰색 가운을 입은 의사가 청진기를 들이대며 의무대에서 약을 새로 처방해 준다며 사회에서 어떤 약을 복용했는지 물어보았다. 사회라는 말에 기분이 알딸딸했다.

소지품 확인과 건강 체크가 끝나고 교도관은 번호가 새겨진 명찰과 수의를 건네주었다. 당목에 243이라는 검정 숫자가 새겨져 있었다. 이제부터 243이 내 이름을 대신할 것이다. 수인번호에 43번이 들어있다는 게 그나마 다행이었다. 교도관이 시키는 대로 양복과 바지를 개어 더블백 안에 넣었다. 교도관은 더블백 곁에다 붉은 매직으로 내 수인번호를 적고 자물쇠를 채웠다.

"이백사십삼 번"

팬티와 메리야스 차림으로 대기하고 있는데 옆방에서 나를 불렀다. 의자에 앉아있던 교도관이 약간 어색한 표정을 짓더니 신체검사를 하겠다고 했다.

우선 교도관이 지시하는 대로 팬티와 메리야스를 벗고 엉덩이를 쭉 내밀었다. 필로폰이나 담배, 면도날 등을 콘돔에 넣어 항문에 숨기고 있는지 확인하는 검사다. 항문을 들여다보던 교도관이 고개를 갸웃거리더니 안에 뭐가 가득 들어있다며 항문에 힘을 주라고 했다. 힘을 주자 항문에서 종잇조각들이 마구 쏟아져 나왔다. 로또였다.

"으악!"

비명에 놀란 아내가 나를 흔들어 깨웠다. 입이 바짝 마르고 등줄기가 땀에 흠뻑 젖어있었다. 아니 항문에서 웬 로또가. 더욱 놀란 것은 로또가 나오는 찰나 교도관의 얼굴이 모나리자로 변해버렸다. 모나리자가 된 교도관이 야릇한 미소를 흘리며 발가벗은 나를 바라보고 있었다.

대박통신을 벗어나자 은행나무 가로수길이 펼쳐졌다. 이 길을 쭉 따라가서 이제 모나리자를 만나기만 하면 된다.

은행나무는 중생대부터 내려오는 나무다. 같은 시대에 출현한 공룡은 멸종했는데 아직 멀쩡하게 살아있는 이유가 바로 저 구린내 나는 열매일지도 모른다는 생각이 들었다.

은행이란 이름답게 길가에 나뒹구는 열매들이 모두 금덩어리로 보였다. 나는 때깔이 좋고 탱탱한 은행을 골라 붉은색 보도블록이 깔린 길 가장자리에 늘어뜨렸다. 은행 수십 개가 조합을 이루자 붉은 바탕 위에 43이라는 황금색 숫자가 나타났다. 똥 냄새든 뭐든 이 세상에 살아남기 위해서는 은행나무처럼 뭔가 특별한 한 방이 있어야 한다. 구린내 나는 손바닥을 코끝에 갖다 대자 절로 웃음이 터져 나왔다.

그동안 구매했다가 당첨되지 않은 로또만 해도 수백 장이 넘는다. 세상에 공짜는 없다. 대박을 노리기 위해서는 일단 로또를 사야 한다. 그냥 손쉽게 자동으로 복권을 구매

해서는 안 되고 나름대로 철저한 분석이 필요하다. 나는 기존에 당첨된 로또복권의 숫자들을 통계로 계상하여 확률로 변환한 후 당첨 확률이 높은 순서대로 배열하고, 그 수치를 기반으로 선정한 숫자를 매장에서 미리 가져온 슬립 용지에다 표기한다. 수능 답안지 작성하듯 번호를 찾아 하나하나 수성 사인펜으로 마킹해 나가면 저절로 손바닥에 땀이 밴다. 마킹이 끝나면 매장 선택이 관건인데, 내가 특별히 제작한 로또맵에 표기된 매장 중 1등 당첨자가 나온 판매점 루트를 가상의 선을 그어가며 예측한다.

내가 복권을 사러 가는 매장마다 사람들이 북적였다. 창문 입구에 '○○○회 1등 당첨점, 2등 당첨 3회'라고 쓰인 문구가 눈에 띄면 괜히 마음이 설레고 다급해진다. 유모차까지 끌고 와서 로또를 사려고 순서를 기다리는 아주머니를 목격할 때는 동지애마저 느껴진다. 시간에 쫓겨 번호를 특정하지 못하고 매장 앞에 줄을 서는 날에는, 앞에 서 있는 사람들이 1등 번호를 뽑아가지 않을까 불길한 예감마저 든다. 숨을 꾹 참고, 구매한 로또를 판매대 옆에 있는 황금돼지 인형에다 문지르는 예식을 올리고 나면 절차가 마무리된다.

기상예보관이 위성에서 전송한 사진을 보며 태풍의 예상 진로를 알아내듯 나는 로또맵을 토대로 이번에는 복권의 기가 어느 판매점으로 흐를 것인지 판단한다. 제주도에서 동해로 북상하던 태풍이 강하게 형성된 온난기류에 밀려 예상 진로를 벗어나듯이 1등 예상 판매점의 방향도 변수가 발생한다.

가끔은 태풍의 진로처럼 신념이 흔들릴 때가 있다. 조상 꿈을 꾸고 나서 로또 한 장을 샀는데 덜컥 1등에 당첨되어 수십억을 벌었다는 보도를 접할 때면, 나는 잠자리에 들기 전에 조상님이 현몽하시기를 간절히 기도하는가 하면, 애니미즘과 토테미즘 신앙도 발현하여 동식물에 대한 경외감에 사로잡히기도 한다,

로또맵을 다각적으로 분석한 결과 이번에는 모든 기가 모나리자로 통하고 있었다. 꿈도 한몫 거들었다.

나는 로또 추첨이 있는 토요일을 기다리는 맛에 산다. 사채 올가미에 걸려들고 나서는 나의 희망은 로또뿐이었다. 휴대폰에 입력해 놓은 명단을 하나하나 눈여겨보았으나 마땅히 붙잡고 돈을 빌려달라고 사정할 만한 사람이 없었다. 내가 기댈 곳은 오직 로또였다. 토요일이 없다면 나는 이미 절망 속에서 허우적거리다 목숨 줄을 놓아버렸을 수도 있겠다. 덴마크의 실존주의 철학자 쇠렌 키르케고르가 절망은 죽음에 이르는 병이라고 설파하지 않았던가. 토

요일 밤, 로또 추첨 시간이 다가오면 나는 출사표를 던지고 전장으로 떠나는 장수처럼 로또복권을 꺼내 들고 비장한 각오로 텔레비전 앞에 선다. 추첨기를 박차고 튀어나온 로또볼과 일진일퇴를 거듭하다 결국 나는 맥이 풀려 주저앉고 만다. 전선에 쓰러진 병사들처럼 방바닥에 널브러진 로또들을 어루만지며 위로한다. 내가 로또에 투자한 돈은, 눈보라 휘몰아치는 어느 겨울밤에 헐벗은 누군가에게 몸을 녹여주는 연탄이 되어주기도 하니까 결코 헛된 죽음이 아니라고.

1등에 당첨되면 그 지긋지긋한 사채를 청산하고 상가를 살 것이다. 때마침 우리 집 근처에 4층짜리 상가가 매물로 나왔다. 각 층에 사무실이 3개이니까 월세를 100만 원씩만 받아도 한 달에 1,200만 원 수입이 생긴다. 부동산사무실에 알아보니 20억에 내놨는데 18억까지는 조정이 가능하다고 했다.

면회 온 아내가 숭숭 구멍이 뚫린 투명한 창 너머로 나를 바라보며 이제 아이들하고 어떻게 사냐고 눈물을 펑펑 쏟으면 나는 당당하게 이야기하겠다. 안방에 있는 책상 두 번째 서랍을 열어보면 보물단지가 있을 거라고. 어리둥절한 아내에게 나는 중형을 선고하는 재판장처럼 의연한 목소리로 말할 것이다. 보물단지는 내가 당신 몰래 우리 가족을 위해 마련한 상가등기권리증이라고.

 소슬바람에 샛노란 은행잎이 우수수 떨어졌다. 발에 밟힌 수북한 낙엽들이 서랍 속에 차곡차곡 모아놓은 로또복권처럼 느껴졌다. 은행나무 사이로 모나리자가 모습을 드러냈다. "1등 당첨 명당"이라는 글씨가 유난히 크게 눈에 띄었다.
 모나리자 앞에는 스포츠머리에다 목덜미에 문신한 남자 한 명이 서 있었다. 딱 보기에도 마 부장 스타일이었다. 나는 그 뒤에 줄을 서서 고개를 내밀고 아주머니의 얼굴을 응시했다. 그때였다. 모나리자를 닮은 아주머니가 야릇한 미소를 흘리며 그 남자에게 복권을 내밀고 있었다. 나는 미처 생각할 겨를도 없이 앞사람을 밀쳐내고 복권을 가로챘다.
 "뭐 이런 미친 새끼가 다 있어."
 욕설과 함께 얼굴에 주먹이 날아왔다.
 나는 비틀거리며 쓰러졌다. 눈가에서 모나리자의 미소가 별처럼 반짝거리다가 사라졌다.

애도 일기

봄은 오고 엄마는 떠났다.

어느 날 나는 K로부터 그녀가 쓴 "애도, 그 사랑의 고백들"이라는 제목의 오토픽션*을 건네받았다.

---

* '오토픽션(auto-fiction)'은 자기 자신을 의미하는 'auto'와 허구를 뜻하는 'fiction'을 조합한 합성어로, 직역하면 우리말의 자전소설과 정확하게 맞아떨어진다. 하지만 자전소설과 오토픽션은 같지 않다. 물론 오토픽션과 자전소설 모두 작가 자신의 경험으로부터 출발한다는 공통점이 있다. 그러나 자전소설은 작가가 그 경험들을 소설적·허구적으로 재구성하여 만들어 낸 한 편의 이야기이다. 이처럼 자전소설은 소설적 재구성의 과정을 거친 명백한 '소설'인 반면 오토픽션의 소설적 성격은 불분명한데, 오토픽션에서는 작가에 의한 의식적 재구성의 과정이 생략되기 때문이다. 오토픽션 작가들은 자신의 기억을 있는 그대로 기술할 뿐이다.

"내 심장에 가득 고인 매우 오래된 슬픔이라는 것, 이것 때문에 나는 매우 오래 헤매고 있다. 아니 어쩌면 이것 때문에 살고 있는지도 모르겠다.

인정하고 싶지 않았던 친정 아빠의 죽음, 나는 21년 전 그날 아빠의 주검을 보지 못했다. 18살 소녀였던 나에게 그날의 기억은 완벽하게 칠흑같이 검은 구멍 속에서 일어난 일이다. 하지만 사회가 말하는 정상성의 범주를 벗어나선 안 된다고 배웠던 나로선 인정할 수밖에 없는 현실이기도 했다. 그럼에도 불구하고 나는, 명절에도 기일에도 아빠의 무덤에 가지 않았다."

글을 읽어 내려가다가 "명절에도 기일에도 아빠의 무덤에 가지 않았다."라는 부분에서 나는 책장을 덮었다. 그녀가 무덤에 가지 않은 이유를 나름대로 유추해 보고 싶은 충동이 일었기 때문이다. 나는 그녀와 10년 전부터 교제하며 시시콜콜한 대화까지 나눴기에 그동안 공유한 언어들을 배열하다 보면 굳이 작품을 읽지 않더라도 퍼즐이 완성되리라 생각했다.

그러나 만만한 일은 아니었다. 그동안 내가 마주한 그녀에게서는 슬픔의 흔적이 눈에 띄지 않았다. 그녀와 격의 없이 지내는 사이라 곧잘 사무실에 놀러갔는데, 그녀는 늘 책상에 앉아 소송기록을 꼼꼼히 뒤적거리며 준비서면을 작성하고 있었다. 그녀는 미모는 물론 변론 솜씨까지 돋보여 나름대로 잘나가는 변호사로 통했다.

21년 전, 그녀가 18세 소녀였을 때 친정 아빠가 죽었다. 그런데 주검을 보지 못했다. 그녀가 서두에서 작심하고 내뱉은 이 말이 어쩌면 해결의 단초가 될 것 같았다. 주검을 보지 않았다가 아니라 주검을 보지 못했다고 했다. 그렇다면 자연사가 아니라 의문사일 가능성에 초점을 맞추고 실마리를 풀어가야 한다. 자연사라면 임종이나 입관할 때 유족들이 주검을 보는 게 상례다. 더구나 그녀는 기일에도 무덤에 가지 않았다고 했다. 그렇다면 무덤에 시신이 없는 가묘일 수도 있다. 아니면 친정 아빠가 아니라 다른 사람의 시신을 대신 매장한 건 아닐까. 필경 그녀의 가족사에 무슨 해괴한 변고가 도사리고 있을지도 모른다는 불길한 예감마저 들었다.

칸트의 순수이성비판에 의하면 분석판단의 명제가 성립하기 위해서는 주어와 술어가 일치해야 한다. 즉 친정 아빠의 무덤은 가묘이거나, 시신이 친정 아빠가 아니라는 사실 말이다. 그러나 무덤을 파헤쳐 보지 않고서야 이 명제가 참인지 거짓인지 분간하기 어렵다. 의문사와 가묘 사이에 연결고리를 풀지 않고서는 한 발짝도 나아갈 수가 없었다.

우선 분석판단의 명제를 충족하려면 가족이 범인이거나 적어도 가족 중에 누군가는 범행에 가담해야 한다. 내가 알기로는 그녀의 가족은 미망인인 어머니와 남동생뿐이다.

실천이성비판의 도덕법칙인 정언명령까지 머릿속으로 끼어들자 추측이 너무 앞서간다는 생각이 들었다. 상상력도 한계를 벗어나면 통제 불능 상태에 빠진다. 연을 날릴 때 무한정으로 실타래를 풀어버리면 연이 점점 작아지다가 어느 순간 시야에서 사라져버린다. 그런 상황에서는 연을 조종하기 어렵다.

다이달로스의 미궁 속에서 아리아드네의 실타래도 없이 탈출구를 찾아 헤매다가 지난번에 그녀가 엉겁결에 내뱉은 말이 떠올랐다. 아빠 장례식이 끝나고 얼마 지나지 않아 친정엄마가 동네 아저씨와 재혼했다는 거였다.

언제부턴가 그녀의 책상 위에 검정 가죽 표지의 두꺼운 법전보다 고전이 자리를 차지하고 있었다. 가브리엘 가르시아 마르케스의 『백년의 고독』 지그문트 프로이트의 『애도와 멜랑콜리』 그리고 텐도 아라타의 『애도하는 사람』이라는 소설도 눈에 띄었다.

의뢰인들의 소송 업무에 매달리던 그녀가 업무와는 동떨어진 『백년의 고독』을 탐독한다는 것이 어쩌면 이 사건을 해결하는데 단서가 될 수도 있겠다.

 백 년 동안 부엔디아 가문의 고독한 흥망성쇠를 다룬 이 소설은 낭만적인 제목에 이끌려 책을 골랐다가는 낭패를 보기 일쑤다. 난해한 내용 때문에 중도에 책장을 덮어버리는 독자가 대부분일 정도로 악명 높다. 특히 가문의 계보가 복잡하고 등장인물의 이름이 헷갈려 꼼꼼히 책장을 넘기지 않으면 다시 앞장으로 되돌아가야 한다. 더구나 근친상간에 대한 묘사는 문화적 차이 때문인지 속이 좀 거북스럽다. 그런데도 그녀가 이 책을 가까이한 이유는 이 소설이 내포하고 있는 가족 구성원 간의 욕망과 감정, 사랑과 배신 등에 대한 서사를 들추어보며 나름대로 위안을 얻기 위한 수단이 아니었을까.

 그리고 나머지 작품들은 제목만 봐도 애도와 관련되어 있다. 그녀의 작품 『애도, 그 사랑의 고백들』 서문과 빗대어 보면 그녀는 이미 애도 작업을 시작했고 프로이트의 주장대로 망자로부터 리비도를 회수하지 못해 실패한 애도라는 생각이 들었다.

 점심을 먹고 나서 곧장 그녀의 사무실을 향해 발길을 돌렸다. 그녀는 여직원이 출장 중이라 대신 커피를 타러 주방으로 갔다. 나는 자연스럽게 그녀의 책상으로 눈길을 돌렸다. 어김없이 맨 앞에 책이 펼쳐져 있었다. 주황색 형광펜이 그어진 '사느냐 죽느냐 그것이 문제로다'라는 문장이 눈에 확 띄었다.

어느 날 밤에 햄릿은 죽은 아버지의 망령을 본다. 망령은 햄릿에게 삼촌 클라우디우스가 자신을 죽이고 왕위와 어머니를 차지했다는 비밀을 털어놓고 사라진다. 햄릿은 갈등한다. 복수할 것인가. 그냥 이대로 치욕스러운 삶을 살 것인가. 아니면 죽음으로써 이 모든 고통을 끝낼 것인가. '사느냐 죽느냐 그것이 문제로다.'라는 명대사는 이 처절한 몸부림 속에 나온 독백이다.

잠시 후, 그녀는 에스프레소가 담긴 하얀 데미타스 잔을 탁자 위에 올려놓았다. 오늘은 아메리카노보다 에스프레소를 마시고 싶었는데 심기를 들켜버린 기분이었다.

"오늘 내가 에스프레소가 땡기는 걸 어찌 알았어요?"

나는 그녀를 향해 엄지를 치켜세웠다.

"어머! 작가님, 그야 뭐 이심전심이죠."

그녀는 금세 얼굴이 붉어지며 해맑게 웃었다.

"우와! 눈이 와요. 작가님!"

창문 너머로 펄펄 휘날리는 눈송이를 바라보며 그녀가 소리쳤다.

"낼모레가 입춘인데도 눈이 오네요. 작가님?"

그녀는 신기하다는 듯 상기된 얼굴로 나를 쳐다보았다.

"원래 입춘 무렵에는 대기가 불안정해서 폭설이 내리기도 해요."

그녀는 한참 동안 창밖을 바라보더니 저 눈송이들이 누군가의 영혼처럼 느껴진다고 했다. 그때 눈송이 하나가 나풀거리며 유리창으로 날아들었다.

나는 그녀에게 내기를 걸었다. 내기 방법은 간단하다. 풀풀 나는 눈송이 중에서 각자 하나씩을 찜한다. 자신이 선택한 그 눈송이에서 눈을 떼지 않는다. 눈송이가 먼저 땅에 떨어지는 쪽이 내기에서 진다.

내가 "하나 두울 셋" 하고 게임 시작을 알렸다. 그녀가 찜한 눈송이를 나는 알지 못했고 그녀도 내가 찍은 눈송이를 알 수 없었다. 분명한 것은 다른 것들과 헷갈리지 않도록 신경을 집중시키고 오직 그 눈송이만을 따라가야 한다.

"아! 지금 떨어졌어요."

내가 말했다.

그녀는 아랑곳하지 않고 계속 눈송이를 지켜보았다. 나는 한 번 더 그녀와 내기를 걸었다. 이번에도 그녀가 이겼다. 설사 그녀가 거짓말을 해도 절대로 들킬 수 없는 게임이었다.

나는 지상에서 되도록 높은 곳에서 눈송이 하나를 골랐

기에 내가 유리하다. 그녀는 처음부터 눈송이를 영혼으로 인식했다. 플라톤의 영혼불멸설이 불쑥 고개를 내밀었다. 영혼은 죽지 않기에 그녀의 눈송이는 살아있을 것이다. 설령 눈송이가 사라졌다고 해도 눈의 본질인 이데아는 불멸하기 때문에 그녀가 게임에서 이길 수밖에 없었다.

"아버님이 의문사로 돌아가신 거예요?"

내가 무겁게 입을 열자 순식간에 그녀의 얼굴이 굳어졌다. 예감이 맞아떨어지는가 싶었다. 그녀는 무의식처럼 숨겨진 이야기를 천천히 꺼내놓았다. 숨겨진 이야기가 아니라 자신의 감정을 스스로 받아들이고 인정할 수 없어 가슴 밑바닥에다 꾹꾹 숨겨놓은 이야기라고 해야 옳을 것이다.

여고 3학년 때 아빠가 위독하다는 연락을 받고 병원 응급실에 달려갔으나 아빠를 볼 수 없었고, 무슨 영문인지 장례식 때도 아빠의 주검을 보지 못했다. 나이가 들수록 친정 아빠의 죽음에 대한 의구심이 가슴 한구석에 똬리를 틀었다. 엄마와 동네 아저씨에 대한 유년 시절의 어렴풋한 기억, 그 아저씨와 재혼 등등 전의식 폴더에 저장됐다가 지워진 의식들이 되살아나며 그녀는 점점 마리오네트 인형이 되어가고 있었다.

한번은 그녀가 구치소에서 재소자를 접견하고 돌아오는

길에 승용차 안에서 아빠를 부르며 오열했다. 줄줄 흐르는 눈물에 비가 오는 줄 알고 와이퍼를 작동했다는 대목에선 가슴이 먹먹해졌다.

사인도 모르고 애도 기간마저 갖지 못한 채 21년을 흘려버린 죄책감이 원망과 슬픔으로 다가와 온몸을 짓눌렀다.

그녀가 아빠의 석연치 않은 죽음에 대해 엄마에게 물으면, 시원하게 답을 해주지 않아 그녀를 더욱 혼란스럽게 만들었다.

그녀는 평소에 부정적인 감정을 억누르기 위해 즐겁게 행동했고 뒤돌아서서 눈물을 흘렸는지도 모르겠다. 나는 뭔가 분위기 전환이 필요하다는 생각이 들어 Y선배 이야기를 꺼냈다.

어느 가을날, Y선배 외동딸의 부음을 뒤늦게 전해 듣고 속초로 향했다. 무덤은 검푸른 바다가 바라보이는 산자락에 있었다. '고 ○○○의 묘'라는 자그마한 푯말만 아니면 무덤이라고는 분간하기 어려울 정도로 봉분마저 없었다.

무덤가에 흐드러지게 핀 연보랏빛 쑥부쟁이를 한 아름 꺾어 묘비 앞에 놓고 묵념했다. 선배 집에 놀러 가면 삼촌이라고 부르며 달려와 품에 안기던 모습이 어제인 양 눈가에 아른거렸다.

세상의 모든 아버지는 딸바보라는 말도 있지만 선배는 오직 딸밖에 몰랐다. 외동딸이라서가 아니라 선배의 딸 사랑은 남달랐다. 더군다나 착하고 예쁜 딸이 명문대에 합격하여 선배의 마음은 얼마나 뿌듯했을까.

마냥 행복할 줄만 알았던 그녀가 대학 기숙사에서 뛰어내려 생을 마감하다니. 고인의 넋인 양 소슬바람 한줄기가 쑥부쟁이 꽃잎을 스치고 지나갔다.

딸의 유골을 속초 앞바다에다 뿌리려고 차를 몰고 가는데 갑자기 폭설이 쏟아져 인접한 산자락에다 유골을 뿌렸다며 선배가 말끝을 흐렸다. 추모가 끝나고 선배는 묘역에서 얼마 떨어져 있지 않은 자택으로 나를 안내했다. 선배는 집에 도착하자마자 딸의 이름을 부르며 "아빠 왔다"라고 말했다.

방안을 들여다보니 꽃이불에 반쯤 뒤덮인 침대가 눈에 들어왔고 책상에는 책 한 권이 펼쳐져 있었다. 내가 묘지를 다녀오지 않았다면 딸이 책을 읽다가 잠깐 자리를 비웠을 거라고 착각했을 것이다. 딸의 체취가 풍기는 옷가지들과 모자, 여행용 가방까지 그녀가 이 세상 사람이 아니라는 게 도무지 실감이 나지 않았다. 벽에 걸린 그녀의 사진이 나를 내려다보며 환하게 웃었다.

나중에 안 일이지만 선배는 딸의 유품 문제로 아내와 다툼이 잦았다. 아내는 유품을 붙들고 있으면 딸이 하늘나라로 올라가지 못하고, 유족이 마음만 상하니까 흔적을 없애자고 하였고 그에 맞서 선배는 완강히 거부했다. 선배는 출근할 때 딸에게 인사하고, 퇴근하면 딸 방에 전깃불까지 켜주었다. 이런 일이 수년간 반복되자 아내는 우울증이 생겼고 선배는 알코올 중독으로 힘든 나날을 보내고 있다는 거였다.

프로이트는 산 자가 떠나보낸 자에 대한 감정적 애착을 단절하는 일을 '애도 작업'이라고 정의했다. 비정하지만 그것이 성공해야 산 자는 망자에게 쏟았던 리비도를 회수하여 다른 대상에다 전이할 수 있다. 스스로 애도 작업을 거부하거나 외부의 방해로 애도 작업이 충분히 이루어지지 않고 실패하였을 때, 산 자는 죽은 이에 대한 죄책감으로 자신을 공격하게 되고, 그 결과 우울증으로 이어지며 자살이나 자기 비하 등 심각한 문제가 발생하기도 한다. 프로이트가 애도를 작업이라고 표현한 것은, 그것이 아무리 고통스러운 일이라고 해도 성공적으로 완수해 내야 한다는 사실을 효과적으로 지칭하고자 하는 의도였다.

나는 프로이트의 이론을 예로 들며, Y는 애도 작업을 실패하여 심각한 우울증으로 가정이 파탄 위기에 빠졌다며 걱정스러운 눈빛으로 K를 바라보았다.

K는 프로이트의 애도 작업에 대해서 부정적인 시각을 드러냈다. 그녀는 지그문트 프로이트보다 자크 데리다의 애도 이론이 더 공감이 간다고 말했다.

데리다는 애도 작업의 성공이나 실패를 프로이트처럼 정상과 비정상으로 나눠야 하는지, 성공한 애도 작업은 긍정적이고 실패한 애도 작업은 부정적이어야만 하는지에 대해 반문했다.

데리다는 사랑하는 사람이 죽었으니까 더욱 사랑의 대상이어야 한다며 프로이트가 말하는 애도의 실패가 오히려 애도의 본질에 더 충실한 것이기에 성공한 애도라고 주장한다.

죽음은 육체가 사라지는 것이지만, 죽은 이에 대한 기억이 산 자의 머릿속에 남아있는 동안에는 그 육체마저도 완전히 사라진 것이 아니며, 산 자의 기억에 살아있는 망자는 부재하지만 존재하고, 존재하지만 부재한다. 죽음의 최후 단계는 망자를 기억하는 사람들이 세상에서 사라져 망자의 사진을 보고도 그가 누구인지 기억해 내는 사람이 한 명도 없을 때 비로소 애도 작업이 완성된다는 거였다. 애도는 끝이 없고 위로는 물론 화해할 수 없는 것이라며 "나는 애도

한다. 따라서 나는 존재한다."라고 데리다는 말했다.

그녀는 망자인 친정 아빠가 시공간을 초월하여 그녀에게 말을 걸어오고 그녀가 아빠를 부르면 언제든지 나타난다고 했다. 데리다의 말처럼 친정 아빠가 부재하지만 존재하고 존재하지만 부재한다는 거였다.

하지만 아빠가 그리워 스킨십을 하고 싶어도 어루만질 몸이 없다는 사실에 그녀는 억장이 무너졌다. 무덤에 가봤자 아무 소용 없는 일이었다. 그녀는 깨달았다. 슬픔도 애도라는 것을.

나는 Y선배를 보면서 프로이트의 애도 작업을 신뢰하지 않을 수가 없었다. 애도 작업이 실패하면 어떤 결과가 빚어진다는 것을 Y가 여실히 증명해 주고 있었다. 남아있는 자는 하루라도 빨리 고인을 잊고 일상으로 돌아가야 한다. 실패한 애도는 망자에게도 예의가 아니다.

나는 프로이트 이론이 지극히 현실적이고 데리다는 윤리적인 측면이 강하다며 현실을 외면할 수 없는 것 아니냐며 조심스럽게 그녀를 바라보았다. 윤기가 빠져나간 그늘진 얼굴에서 애도 작업의 실패를 엿볼 수 있었다.

그녀는 프로이트가 현실적이 아니라 냉담한 사람이거나 애도에 빠져본 적이 없는 사람일 거라고 잘라 말했다. 나는 프로이트가 딸과 외손자를 잃고 피울음을 토했고 그런 경험 때문에 애도 작업에 천착했을 거라고 말했다. 더구나 그는 정신분석학의 창시자로서 잠재의식을 바탕으로 심층심리학의 체계를 확립한 업적으로 보더라도 이러한 단계에 이르기까지 얼마나 많은 연구를 했겠냐며, 그의 주장처럼 망자로부터 나를 분리하는 작업을 수행하여 하루라도 빨리 슬픔에서 벗어나야 한다고 그녀를 설득했다.

그녀는 프로이트의 애도가 고인의 타자성을 지워버리는 망각의 애도라면, 데리다의 애도는 고인의 타자성을 내 안에 기억으로 보존하는 기억의 애도이고, 데리다는 애도의 개념을 원초적 애도로까지 밀고 나가서 애도란 태어나면서부터 시작하는 것이고, 인간의 삶에 영속적으로 내재하는 본질적인 조건이라고 목소리를 높였다.

그녀는 죽음은 타자와의 결별이 시작되는 지점이 아니라 타자에 대한 영원한 책임감을 느끼게 하는 사건이라는 에마뉘엘 레비나스의 타자철학까지 끄집어들여 나를 한쪽 구석으로 몰아세웠다. 평소 얌전한 그녀의 태도와는 달리 오늘은 내가 끼어들 한 치의 틈도 내주지 않았다. 어느 사이 사무실엔 프로이트와 데리다 두 사람만 남았다.

내가 존재하는 이유는 타자가 존재하기 때문이라는 레비나스 철학의 테제가 떠올랐다. 레비나스의 타자성에 대해서는 나도 공감하고 있는 터였다.

 삶은 타자와의 관계에서 비롯되며, 타자와의 관계성 속에서 내가 누구인지를 비로소 알 수 있다는 그의 주장은 나와 타자는 '무한의 관계'라는 사유로 나아가며 인류가 겪는 모든 고통 속에 나의 책임이 있다는 무한 책임을 이끌어낸다.

 그녀가 롤랑 바르트의 '애도 일기'에 대해 이야기를 막 꺼내자마자 휴대전화 벨이 울렸다. 엄마가 위독하다는 전화였다. 나는 엄마가 입원 중인 병원으로 가려고 자리에서 일어섰다. 눈발이 거세게 몰아치고 있었다.

*

 엄마!
 오늘 엄마 영정사진을 뽑았어요. 핸드폰에 저장된 사진들을 한참을 뒤적이다가 마음에 든 사진을 발견하고 사진관에 갔지요. 아마 엄마도 기억날 거예요. 2년 전 어느 봄날 우리 아파트 호수공원 앞에서 라일락꽃을 배경으로 며느리와 함께 찍은 사진 말이어요. 엄마는 아내 품에 안겨 손가락으로 V자 모양을 그리며 빙그레 웃고 있네요. 엄마 목에 두른 분홍색 실크 스카프가 옥색 상의와 되게 잘 어울려요. 아내가 생일 선물로 사준 스카프를 엄마는 옷장에 넣어두고 틈만 나면 꺼내 보셨지요.

사진관 아저씨가 엄마 표정이 너무 밝고 행복해 보인다며 옆에 있는 사람이 딸이냐고 물었어요. 아저씨는 모니터에 엄마 사진을 띄워놓고 마우스를 움직이며 조금씩 아내의 모습을 지워나갔어요. 엄마와 다정하게 볼을 맞대고 있는 아내의 이마도 엄마를 감싸고 있던 아내의 팔도 흔적없이 사라지고 이제 덩그러니 엄마 혼자 남았네요.

엄마, 죽음은 이렇게 분리되는 것이겠지요. 이승에서 저승으로 산 자와 망자로 말입니다. 이제 얼마 후면 엄마는 나와 분리될 거예요. 누가 이 영정사진을 보고 옆에 아내가 있었다고 생각이나 하겠어요. 엄마도 떠나면 그렇게 내 곁에서 지워져 버릴 거라는 생각이 들어요.

나는 그동안 엄마가 생사의 갈림길에서 힘들어하는 모습을 보며 부단히 이별 연습을 해왔어요. 그래야만 슬픔이 덜할 것 같아서요. 하지만 막상 엄마가 내 곁을 떠났을 때 그 딱딱한 슬픔 덩어리를 어떻게 걷어낼 수 있을까 내심 걱정도 했지요. 그러나 오늘 영정사진 제작 과정을 지켜보면서 내가 쓸데없는 걱정을 했다는 사실을 깨달았습니다. 어차피 숨이 끊어지면 엄마는 이 세상 사람이 아니잖아요. 이

승에 있는 내 곁에 더는 존재하지 않는다는 얘기지요. 수많은 세월 동안 엄마와 함께한 며느리가 사진 속에서 온데간데없이 사라져버린 것처럼 말입니다.

존재하지 않는 사람을 생각하며 슬퍼할 이유가 없겠지요. 실체가 없는데 허상을 만들어 놓고 울며불며 후회한다면 그처럼 어리석은 사람이 또 어디 있겠어요. 운다고 해서 엄마가 되돌아오지도 않을 텐데 말입니다.

나는 아내와 다짐했어요. 살아 계실 때 엄마한테 잘하고 돌아가시고 나면 절대 후회하거나 슬퍼하지 말자고 말입니다. 강산이 세 번이나 변하도록 엄마를 모셨는데 어찌 고통이 없었겠어요. 수개월 동안 대소변을 받아내면서 엄마를 요양원으로 보내야겠다는 마음이 없었다면 거짓말이겠지요. 하루에도 몇 번씩 요양원을 머리에 떠올린 적도 있어요. 엄마는 요양원을 자식이 부모를 내다 버리는 현대판 고려장으로 생각하고 있었잖아요. 자식으로서 엄마 뜻대로 봉양해 드려야 후회가 없을 것 같아 어금니를 앙다물고 수백 번 마음을 다잡았지요.

엄마, 어제 주치의 선생님이 나를 병실 밖으로 불러내더니 마음의 준비를 하라고 했어요. 엄마가 노환이고 음식도 못 드셔서 회복 가능성이 없다며 말입니다. 이제 우리가 헤어질 날이 점점 가까이 다가오고 있군요. 엄마, 우리 이별하더라도 서로 마음 아파하지 않기로 해요.

 몇 년 전에 엄마가 담낭 수술하고 퇴원했을 때 친척들은 물론 주위 사람들도 며칠 못 살고 돌아가실 줄 알았지요. 병원에서 엄마가 두 번이나 죽음과 맞닥뜨려 가족들이 총출동했고, 휠체어를 타고 퇴원했으니 이해가 갑니다.
 그때 주치의 선생님이 엄마가 치매증세가 있다면서 요양원을 권유했지만, 우리 부부는 엄마를 집으로 모시고 왔지요. 다들 그래요. 엄마가 요양원에 가셨더라면 한 달도 못 살고 돌아가셨을 거라고.
 엄마, 그동안 꺼져가는 엄마의 생을 붙들고 원 없이 엄마와 함께했으니 이제 엄마를 놓아드려도 되겠지요. 인생은 어차피 분리되는 것이니까요. 아니 분리해야 살잖아요.
 열 달 동안 엄마와 한 몸이었던 내가 어느 날 탯줄을 끊고 엄마와 분리됐잖아요. 만약 엄마와 떨어지지 않으려고 자궁 안에 계속 남아있었다면 나는 이미 이 세상에 존재하지 않았겠지요. 일차적으로 내가 엄마의 자궁에서 분리됐고 이차적으로는 이제 엄마가 망자인 상태로 나와 분리될 차례이지요. 분리의 분리, 다시 말해서 우리 몸에서 모세포가 분열하여 딸세포가 생겨나듯 분리는 죽음이 아니라 생성의 원리가 아닐까요.

* *

엄마!

337호 입원실 보조 침상에서 아내와 미나리를 다듬으며 엄마를 바라봅니다. 엄마 머리 위쪽에 있는 링거 거치대엔 혈액팩이 매달려 있어요. 지금 시각이 밤 11시 20분이니까 엄마가 5시간이 넘도록 수혈 주사를 맞고 있네요.

목에 주삿바늘을 꽂을 때 무척 힘드셨죠. 2달 넘게 입원 치료를 받으며 링거를 맞다 보니 성한 혈관이 없어 간호사가 목 정맥에다 바늘을 꽂을 수밖에 없었어요.

욕창에다가 맨 아래쪽에 있는 척추까지 망가져 항생제와 진통제, 위너프라는 1085ml짜리 영양수액까지 맞아야 하니 혈관이 버틸 수가 있겠어요. 엄마의 팔다리를 주무르며 몽고반점처럼 여기저기에 퍼렇게 멍이 든 주삿바늘 자국을 보니 가슴이 먹먹해집니다.

수혈하기 전에 간호사가 엄마 혈액형을 묻더군요. 내가 머뭇거리자 간호사가 AB형이라고 알려주었어요. 여태까지 엄마 혈액형도 모르고 있었다는 사실에 낯이 뜨거워졌습니다.

주치의 선생님은 검사 결과 빈혈기가 심한 상태라며, 환자분이 고령이고 기력이 쇠하여 수혈해도 병세가 호전된다고 확신할 수는 없으나, 좋아질 수도 있다고 하여 수혈해달라고 부탁했어요. 자식들이 몇 명인데 피가 부족하여 엄마를 돌아가시게 내버려 두는 것은 도리가 아니라는 생각도 들었고요.

간호사는 수혈 도중 위험에 빠질 수도 있으니 환자에게 이상 징후가 나타나면 빨리 간호사실에 연락해달라며 맥박산소포화도측정기 보는 방법을 알려줬어요. 측정기 그래프가 곡선을 그리는 게 정상이고 일직선이 돼버리면 호흡이 정지된 상태라는 거였지요.

곡선은 삶이고 직선은 죽음이라는 사실을 새삼 깨달았습니다. 인생 여정에서 지름길보다는 에움길이 숨통 트이는 길이라는 진리도 말입니다.

엄마는 당신의 굽은 등처럼 곡선 같은 삶을 살아왔지요. 커트 머리보다는 쪽찐머리를, 신작로보다는 자드락길을, 아파트보다는 기와집을 좋아했습니다.

모처럼 소독 냄새 대신 미나리 향기가 병실에 가득합니다. 엄마가 판교 냇가에서 온종일 채취한 미나리를 머리에 이고 새벽같이 모란장을 향해 걸어가시던 모습이 눈에 선합니다. 몇 다발 팔지도 못하고 땅거미가 내리면 엄마는 남은 미나리 다발을 챙겨 힘겹게 돌아오셨지요. 엄마는 평생을 미나리처럼 끈질기게 살아왔다고나 할까요.

  싱싱하고 통통한 미나리 한 개를 골라 엄마 손에 쥐어드려도 엄마는 아무런 반응이 없네요. 평소 같았으면 코에 대고 향긋한 냄새를 맡으며 기뻐하셨겠지요. 통통 부은 손발에 점점 죽음의 그림자가 드리워져 마음이 아픕니다. 엄마는 몸이 편찮으면 손발을 먼저 만져보라고 하셨잖아요. 손발이 붓고 차면 숨이 끊어질 징조라고 말입니다.

  수혈 탓인지 차디찬 엄마 손에 온기가 조금 돌아오는 것 같아 희망을 가져봅니다. 엄마는 눈을 감은 채 가쁘게 숨을 몰아쉬고 측정기는 아직 곡선을 그리고 있네요.

* * *

엄마!

  창밖에 이팝나무꽃이 하얗게 피었습니다. 해마다 봄이 되면 엄마는 한참 동안 넋을 잃고 저 꽃을 바라보시곤 했지요. 엄마는 생전에 이팝나무꽃을 좋아하셨지요. 하얀 꽃들이 다닥다닥 붙어 수북하게 핀 이팝나무꽃이 꼭 밥그릇에 고봉으로 담긴 쌀밥 같아 엄마의 마음을 사로잡았다지요.

길고 험난한 보릿고개 한가운데 서서 흐드러지게 핀 이팝나무 꽃을 멀거니 바라보며 허기를 달래셨다는 엄마의 말씀이 귓속을 파고듭니다. 행여 바람이라도 불면 꽃무더기가 흔들려 쌀밥이 엎질러질까봐 가슴 졸이지나 않으셨는지요.

　이 집에 이사 왔을 때 창문 앞에 있는 이팝나무를 발견하고 너무도 기뻤어요. 하루는 엄마가 이팝나무꽃을 보고는 이런 얘기를 꺼내셨지요. 마른 논에 물 들어가는 것과 자식 입에 밥 들어가는 것이 세상에서 가장 보기 좋다고 말입니다.

　나는 이제부터 저 꽃을 이팝나무꽃이 아니라 엄마꽃으로 명명하겠습니다.

　엄마, 우리 집 거실 창가에 있는 까치집 이야기 좀 할게요. 어느 날 엄마는 까치가 가느다란 나뭇가지들을 물고와 대왕참나무 가지에다 한 땀 한 땀 집을 짓는 모습을 지켜보며 경사가 찾아올 거라고 기뻐하셨지요.

　오늘 아침부터 어미 까치가 부지런히 먹이를 물어오고 있어요. 불그스름한 주둥이를 쩍쩍 벌리며 먹이를 받아먹는 새끼 까치들을 보자 엄마가 떠올랐어요. 엄마도 일터에서 밥을 얻어다가 어린 자식들의 주린 배를 채워주셨잖아요.

까치 새끼들이 서로 먼저 받아먹으려고 주둥이를 내밀어도 어미가 골고루 먹이를 먹여주듯, 엄마는 배고파 보채는 자식들에게 콩 한 조각도 나눠 먹어야 한다며 똑같이 밥을 먹이주셨지요. 이제 까치집만 봐도 엄마가 떠오를 것 같습니다.

엄마, 어느 날 엄마는 밥을 짓는 아내에게 다가가 "엄마!"라고 부르며 껴안았다지요. 정말 아내는 엄마 같은 며느리였죠. 거동이 힘든 엄마께 삼시 세끼 밥을 챙겨드리니 말입니다. 아내한테 이 말을 전해 듣고 울컥했어요. 자식에게 밥을 먹여주다가 밥을 얻어먹는 입장이 됐을 때 그 심정이 오죽했겠어요.

엄마가 시장하면 배고프다고 하지 않고 내 배가 가난하다고 에둘러 표현한 이유를 이제야 알 것 같습니다. 속도 모르고 나는 아내에게 엄마가 시적 표현을 즐겨 쓰는 걸로 보아 내가 엄마 영향을 받은 것 같다고 자랑삼아 말했지요. 밥을 먹여주는 것보다 밥을 받아먹는 것이 더 힘들다는 사실을 그때는 몰랐거든요.

엄마, 내가 7살 때던가요. 목에 가시가 걸려 엄마 등에 업혀 가시를 빼러 가던 일이 어제인 양 눈에 선합니다. 엄마는 징징거리는 아들을 달래며 이십 리나 되는 산길을 멀다 않고 가시장이 아줌마 집을 찾아 나섰지요. 해거름 전에 얼른 다녀와야 한다며 엄마는 발걸음을 재촉했습니다.

두 번째 고개를 넘었을 때 엄마는 목이 말랐던지 길섶에 핀 진달래꽃을 따서 입안에 넣고는 내 입술에도 꽃잎 하나를 물려주셨지요. 봄날, 흐드러지게 핀 진달래꽃을 볼 때마다 시고 떨떠름한 맛이 되살아나 저절로 입안에 침이 괍니다.

엄마가 숨을 헐떡거리고 땀에 젖어 내가 등에서 내려오려고 하자, 엄마는 조금만 더 가면 된다며 내 엉덩이를 자꾸 허리 위로 추어올렸지요. 나는 결국 엄마 등에 업힌 채 그 집에 도착했습니다. 목구멍에서 가시는 빼내었지만 엄마의 체취는 아직 내 가슴 속에 박혀있습니다.

엄마, 아침에 샤워하다가 배꼽을 보고 문득 엄마 생각이 났어요. 탯줄은 이미 엄마로부터 분리됐지만 배꼽은 아직 남아있네요. 유선통신에서 무선통신으로 진화했을 뿐 엄마는 아직 나와 함께 있다는 증거겠죠. 내 배꼽이 사라지지 않는 한 말입니다.

어디선가 엄마의 노랫소리가 들려오는 것 같습니다. 엄마가 나를 보듬고 자장가처럼 즐겨 부르던 클레멘타인 말입니다.

넓고 넓은 바닷가에 오막살이 집 한 채
고기 잡는 아버지와 철모르는 딸 있네
내 사랑아 내 사랑아 나의 사랑 클레멘타인
늙은 아비 혼자 두고 영영 어디 갔느냐

봄은 가고 엄마는 남았다.

소금이 오는 소리

아지랑이가 가물거리는 허공에서 다급하게 비비새 울음소리가 들려왔다. 머리 위로 갈매기 떼가 선회하며 비비새를 에워싸고 있었다. 비비새는 작은 날개를 재빠르게 움직여 수직으로 급상승하며 갈매기 무리를 따돌렸다.

  나는 염전 둑에 앉아 담배를 물고 있는 한 노인을 발견하고 그를 향해 조심스럽게 발걸음을 내디뎠다. 가까이 다가가자 노인은 담배 연기를 한번 길게 내뿜더니 무표정한 얼굴로 나를 빤히 쳐다보았다. 햇볕에 그을린 백발노인의 얼굴에는 한낮의 태양과 어우러져 소금기가 번들거렸다. 나는 차양이 긴 모자를 벗어들고 노인에게 정중히 고개를 숙였다.

"뉘시오?"

깡마른 체구답지 않게 노인의 목소리는 힘이 넘쳤다.

"일자리를 구하러 왔습니다."

나는 노인에게 연거푸 허리를 굽실거렸다.

노인은 젊은 사람이 도시에서 일자리를 알아봐야지 이런 촌구석에서 뭔 놈의 일자리를 찾느냐며 표정을 일그러뜨렸다. 나는 구걸하듯 두 손을 배꼽 위에 대고 머리를 조아렸다. 노인은 연신 뻐끔담배를 피우며 한참 동안 내 몰골을 훑어보더니 입을 열었다.

"소금 내 본 적 있소?"

"경험은 없습니다만 한번 해보겠습니다. 저는 어려서 부모님을 잃고 고아로 힘겹게 자랐습니다. 어르신께서 밥만 먹여주신다면 무슨 일이든지 다 하겠습니다."

나는 최대한 목소리를 낮추고 공손하게 대답했다.

"이거 한번 먹어 보시오."

한참 정적이 흐른 뒤에 노인은 주머니에서 뭔가를 꺼내 입안에 털어 넣고는 내게도 건네주었다.

소금 알갱이였다. 막소금 한 개를 조심스럽게 입으로 가져갔다. 순식간에 온몸의 세포들이 소금 돌기로 변해 말미잘처럼 촉수를 꿈틀거렸다. 나는 인상을 찌푸리며 눈을 질끈 감았다. 만약 이 관문을 통과하지 못한다면 내 인생은 끝장이라 싶었다. 혀끝에 얹혀있는 소금 알갱이를 입안에 고인 침으로 단번에 꿀꺽 삼켰다.

"소금 맛을 알아야 소금을 낼 수 있소."

노인의 말에는 소금처럼 군더더기가 없었다.

이내 노인의 입꼬리가 살짝 치켜 올라갔다. 광대뼈 아래로 길게 늘어진 팔자주름도 따라 움직였다.

노인이 첫 번째 지시한 일은 염판―바둑판처럼 칸칸이 나눠진 소금밭을 노인은 염판이라고 불렀다―함초 제거 작업이었다. 초록색 줄기를 무성하게 매달고 염판에 다복다복 돋아있는 함초는 생김새가 로즈마리와 비슷했다. 위쪽을 잡아당기자 "뚜득"하고 줄기가 뜯기며 솔향기가 풍겼다. 밑동까지 움켜쥐고 힘을 쏟았다. 10분도 채 지나기 전에 손바닥이 따갑고 허리가 아팠다. 이마를 타고 흘러내린 땀방울로 입안 가득 소금기가 번졌다.

"여보게."

나를 부르는 소리에 일손을 멈추고 뒤를 돌아다보았다. 노인이 움막 앞에서 막걸릿병을 흔들어 보였다. 소금 창고에 붙어있는 움막은 허술해 보이는 겉모습과는 달리 방안은 아늑했다. 서랍장 위에 놓인 낡은 TV만 아니면 노인의 거처라고 짐작하기 어려울 정도로 원목 무늬 장판이 깔린 방바닥은 윤기가 났고 옷가지들은 깔끔하게 정돈되어 있었다.

노인은 양재기에다 막걸리를 듬뿍 따라주며 내 이름과 나이를 물었다.

"이름은 김진수이고 나이는 스물세 살입니다"

나는 이준서 대신 가짜 이름을 둘러댔다.

"어디 김씬가?"

"경주 김가입니다."

노인은 자기와 같은 종씨라며 악수를 청했다. 그러더니 자신도 고아나 마찬가지라며 말을 이어갔다. 1·4 후퇴 때 흥남에서 혼자 월남해 예쁜 색시를 만났는데 첫 아이를 출산하다 그만 세상을 떠났다고 했다. 산파도 없이 집에서 애를 낳다가 아내와 10년 만에 얻은 귀한 자식까지 잃었다며 노인은 길게 한숨을 내쉬었다.

"부모님은 몇 살 때 돌아가셨는가?"

한참이 지난 후에 노인이 다시 말문을 열었다.

"제가 다섯 살 때부터 보육원에서 지냈기 때문에 부모님이 언제 돌아가셨는지는 잘 모르겠습니다."

내가 말끝을 흐리자 노인은 측은하다는 듯 물끄러미 나를 바라다보았다. 운 좋게도 통성명이 잘 들어맞았다.

노인은 자기가 팔순 노인네라 힘에 부쳐 염전 한쪽을 묵

혔더니 함초밭이 돼버렸다며 소금을 내리려면 함초를 뽑아내고 롤러질로 바닥을 평평하게 다져야 한다고 말했다.

 나는 사계절 중에서 유독 겨울을 싫어한다. 내가 추위에 약한 탓도 있지만 겨울은 내 상처를 발가벗긴 채 오롯이 드러내기 때문이다.

 사무실 안쪽에 세워진 커다란 태극기가 눈에 들어왔고 태극기 앞에는 엄마와 아빠가 책상에 마주 앉아 인상을 찌푸리고 있었다. 정장 차림의 남자와 여자가 엄마와 아빠를 번갈아 바라보며 뭔가 얘기를 나누고 있는 모습도 보였다.

 나중에 드라마를 통해 그곳이 법원에 있는 이혼 조정실이고 남녀 두 사람은 조정위원이라는 사실을 알게 되었다. 그날 엄마 아빠가 큰소리치며 싸우다가 조정이 끝나자마자 뒤도 돌아보지 않고 문을 박차고 나가버렸다. 나는 울고불고 엄마를 뒤쫓다가 그만 눈길에 미끄러지고 말았다. 언제 신발이 벗겨졌는지 눈에 젖은 발가락이 깨질 듯 아팠다.

 그 후로 나는 보육원 신세를 졌고 엄마 아빠의 얼굴을 보지 못했다. 다섯 살배기 어린 소년의 시린 맨발과 부모의 부재를 안겨준 겨울은 내 기억 속에서 영원히 부재하지 않을 계절이었다.

"구기동 강도살인 사건을 수사 중인 경찰은 수사본부를 설치하여 범인의 행적을 뒤쫓고 있으며…"

노인이 TV를 켜자마자 속보가 흘러나왔다.

"저런 처 죽일 놈, 일해서 돈 벌 생각은 않고 강도짓을 해."

노기 띤 얼굴로 노인이 혀를 끌끌 찼다. 나는 엉겁결에 막걸리 한잔을 들이켜고 염전으로 갔다. 염전 둑에서 갈게 한 마리가 더듬이 눈을 끔벅이며 햇볕을 즐기다가 발소리에 놀라 재빨리 구멍 속으로 기어들었다. 나는 손가락으로 개펄을 긁어 구멍을 살짝 가려주었다.

어느새 해가 바닷속으로 자취를 감췄다. 나는 우두커니 서서 노을을 바라보았다.

해풍에 뒤섞인 구수한 된장국 냄새가 발길을 잡아끌었다. 밥상 위에 놓인 냄비에서 된장국이 보글보글 끓고 있었다.

"김군, 차린 건 없지만 많이 들게."

노인은 오늘 손님 대접을 하려고 특별히 갈게 된장국 요리를 했다며 국그릇에다 된장 국물이 누렇게 스며든 갈게를 수북하게 퍼주었다.

"정말 감사합니다. 어르신!"

나는 눈물이 핑 돌았다.

노인은 자신이 갯고랑에서 잡은 갈게인데 맛이 괜찮을 거라며 막걸리도 한 잔 따라주었다. 노인은 갈게는 집게발 힘이 워낙 강해 물리면 다친다며 손가락에 난 상처를 보여주었다.

"아까 김군 이름이 진수라고 했는가?"

식사가 끝나고 나서 노인이 물었다.

"네, 어르신."

"우리 죽은 아들 이름이 진수였어."

노인은 멍하니 천장을 바라보다가 훌쩍훌쩍 막걸리를 삼켰다.

남해안 바닷가 외딴집. 5월의 밤은 깊어 갔다. 밖에서 인기척이 들려 재빨리 방문 뒤로 몸을 숨기고 귀를 곤두세웠다. 소리가 끊기더니 다시 이어졌다. 슬며시 문을 열고 주위를 살폈다. 달빛에 젖은 갈대숲이 바람에 일렁거리고 있었다.

여자 고객으로부터 주문받은 짜장면을 배달하려고 철가방을 들고 구기동 ○○번지 양옥집에 도착했을 때 이미 현관문이 열려있었다.

"계세요?"

나는 거실에다 철가방을 내려놓으며 주인을 불렀다. 한 번 더 큰소리로 외쳤으나 아무런 인기척이 없었다. 나는 무엇에 홀린 듯 신발도 벗지 않고 살금살금 안방을 향해 다가갔다. 손잡이를 잡고 살짝 방문을 열자 피비린내와 함께 가슴에 피를 흘리고 쓰러져 있는 젊은 여자가 눈에 들어왔다. 방바닥에는 춘장을 엎질러놓은 것처럼 핏물이 흥건했다. 나는 온몸에 소름이 끼쳐 곧바로 철가방을 들고 후다닥 뛰쳐나왔다.

쫓기는 자에겐 소리는 공포다. 형체가 없는 바람은 소리를 통하여 자신의 존재를 알린다. 바람 소리가 형사가 되어 나를 뒤쫓기도 한다. 소리는 마음속에서 수많은 형상을 만들어 결국에는 그 소리의 벽에 갇혀버린다.

이곳은 내 연고지가 아니다. 아무리 베테랑 형사라도 내가 여기에 숨어있으리라고는 상상조차 하지 못할 것이다. 노인이 나를 알아보고 신고만 하지 않는다면 이곳이야말로 안전지대다. 갈잎이 바람에 스치는 소리 말고는 해광염전의 밤은 너무도 고요했다. 크고 작은 별들이 움막까지 내려와 이른 아침까지 자고 가곤 했다. 노인과 별들만이 사는 동네에 불청객이 어슬렁거리고 있었다.

아침에 눈을 뜨니 노인이 보이지 않았다. 깜짝 놀라 밖에 나가보니 노인이 수차 위에 올라 바닷물을 염판으로 퍼올리고 있었다. 언젠가 TV에서 수차를 본 적이 있었다. 노인이 물레방아 모양의 수차 바퀴에 발을 디딜 때마다 아침 햇살을 머금은 바닷물이 포말을 일으키며 수로를 따라 번지자 염전은 온통 황금빛으로 변했다. 노인의 백발도 어린 왕자의 머리처럼 노랗게 물들었다.

나는 수차질을 돕겠다고 나섰다. 수차 위에 올라가 노인이 시키는 대로 길게 뻗은 통나무 지지대를 두 손으로 붙잡고 수차 바퀴 발판에 발을 내디뎠다. 수차 바퀴가 빠르게 겉도는 바람에 몸이 중심을 잃어 하마터면 바닷물로 곤두박질칠 뻔했다. 허둥지둥 수차에서 내려오자 노인은 껄껄 웃으며 염전 일을 하려면 수차질은 기본이라며 지지대를 잡고 수차 위로 훌쩍 날아올랐다. 노인은 수차 지지대에서 손을 떼더니 뒷짐을 쥐고 묘기 부리듯이 수차질을 했다. 내가 넋을 잃고 바라보자 노인은 수로에서 물고기를 잡으라고 했다.

수차바퀴가 움직일 때 바닷물과 함께 올라온 물고기들이 은색 꼬리를 파닥거리며 수로를 따라 헤엄치고 있었다. 나는 잽싸게 뜰채로 물고기를 낚아채 물통에 담았다. 숭어를 닮은 물고기였다. 노인이 수차에서 내려와 물통을 살펴보더니 수차질은 서툴러도 고기잡이 솜씨는 선수라고 칭찬해 주었다. 내가 물고기 이름을 묻자 노인은 모치라고 알려 주었다. 원래 모쟁이라는 숭어 새끼인데 이곳에서는 모치라고 부른다는 말도 덧붙였다.

노인이 가르쳐준 대로 함초를 뽑아낸 염판에 롤러질을 했다. 롤러는 1미터 남짓한 콘크리트 원통에 손잡이가 달린 굴대가 끼워져 있었다. 손잡이를 잡아당기자 롤러가 반항하듯 삐거덕대며 끌려왔다. 롤러가 지나가자 울퉁불퉁한 염판이 반반하게 다져졌다.

"김군, 이쪽이 빠졌어."

건너편에서 지켜보고 있던 노인이 염판 가장자리를 가리켰다.

노인은 바닥을 잘 다져야 대파로 소금을 긁을 때 개흙이 일어나지 않는다며 한 군데도 빼먹지 말라고 지시했다.

롤러를 끌면서도 구기동 강도살인 사건을 보도한 뉴스가 떠올라 머리가 뒤숭숭해졌다. 철가방을 들고 그 집에 들어설 때까지만 해도 내 신세가 이 지경이 되리라고는 상상도 하지 못했다. 나는 짜장면을 배달하러 갔지 절대로 물건을 훔치러 가지 않았다. 더구나 내가 칼로 사람을 찌른 범인으로 지목받고 있다니 아무리 생각해도 이해가 안 갔다. 미친 듯이 롤러를 끌었다. 머릿속에서 나를 갉아먹는 근심 걱정들을 롤러질로 싹 지워버리고 싶었다.

"김군!"

움막 밖에서 노인이 나를 부르며 손으로 입을 가리켰다. 목이 타올라 단숨에 막걸리 한 사발을 들이켰다.

"이곳에 놀러 오는 사람들 있어요?"

나는 노인에게 넌지시 말을 건넸다.

"여긴 워낙 외진 곳이라 무인도나 마찬가지야. 그냥 갈매기와 동무하며 사는 거지."

노인의 얼굴엔 외로움이 잔뜩 절여있었다.

나는 노인에게 염판 바닥에 장판을 깔면 일이 훨씬 수월할 것 같다며 나름대로 아이디어를 꺼냈다. 노인은 작심한 듯 말을 받아쳤다. 펄에는 몸에 좋은 성분이 많다. 우리는 소금을 먹으면 금방 죽기라도 하는 것처럼 오두방정을 떠는데 오히려 소금을 안 먹으면 죽는다. 소금의 주원료인 나트륨은 우리 몸에 꼭 필요한 영양소다. 화장품에도 소금이 들어간다. 펄에서 생산한 소금은 미네랄 등 무기질이 풍부하나, 장판은 화학제품이라 몸에 좋을 리가 없다며 노인은 입가에 허연 게거품을 뿜어냈다.

노인은 해를 힐끗 쳐다보더니 밤에 비가 올 것 같다며 비설거지를 하자고 했다. 비설거지는 염판에 담아놓은 소금물이 빗물과 섞이지 않도록 해주라고 불리는 함수 저장고로 이동시키는 작업이었다. 노인은 보메라는 비중계로 염판을 돌아다니며 바닷물의 염도를 측정했다.

염도가 높은 소금물은 수로를 통하여 첫 번째 해주로, 염도가 낮은 물은 두 번째 해주로 이동시켰다. 해주에는 염전으로 물을 퍼 올릴 수 있도록 수차가 설치되어 있었다.

수차로 갓 퍼 올린 바닷물의 염도는 3도인데 이 바닷물이 염판에서 햇볕과 바람에 증발하여 수백분의 일로 줄어들어야 소금이 난다며 노인은 어쩌면 황금보다 더 귀한 것이 소금이라고도 했다.

결국 소금 만드는 일은 염판으로 퍼 올린 바닷물을 해주에 넣었다 뺐다를 반복하며 햇볕과 바람에 증발시켜 소금이 생성할 수 있도록 염도를 높이는 작업이었다.

빗물은 순식간에 염판에 가득한 소금물을 맹물로 만들 수가 있으니까 노인의 말마따나 염부-노인은 소금을 내는 사람을 염부라고 불렀다-에게는 비설거지가 가장 중요한 일이었다. 일기예보도 믿을 수가 없어 염부 스스로 천기를 읽어내는 눈이 있어야 한다. 염부는 하늘과 동업자라는 노인의 말에 수긍이 갔다.

한바탕 소란스럽기만 하던 염전은 비설거지가 끝나고

소금이 오는 소리

나면 적막 속으로 빠져든다. 어디선가 습한 향내가 스멀스멀 움막 안으로 기어들었다. 향기의 정체는 앞뜰에 핀 해당화였다. 문득 혜진이 얼굴이 떠올랐다.

    해당화가 곱게 핀 바닷가에서
    나 혼자 걷노라면 수평선 멀리
    갈매기 한두 쌍이 가물거리네
    물결마저 잔잔한 바닷가에서

여자 친구 혜진이와 곰소염전 바닷가를 거닐다가 해당화를 발견하고 우리는 약속이라도 한 것처럼 '바닷가에서'를 흥얼거렸다. 둘이서 해당화를 배경으로 얼굴을 맞대고 셀카를 찍어대며 사랑을 나누던 순간들이 파노라마처럼 스쳐 지나갔다. 여기저기 피라미드 모양으로 쌓여있던 황금빛 소금 더미도 눈에 아른거렸다. 염부가 대파로 밀대질을 할 때마다 소금 알갱이들이 모습을 드러내며 석양빛에 금싸라기처럼 반짝거렸다.

내가 피신처로 해광염전을 택한 이유도 곰소염전에 대한 아름다운 추억 때문이었다. 기왕이면 염전에서 시간을 보내고 싶었다. 인적만 뜸하다면 곰소염전에 숨었을 수도 있겠다.

경찰은 나를 범인으로 몰아가고 있었다. 범행 현장 출입문 손잡이에 남긴 지문이 발견됐고 안방에는 칼에 찔린 피해자가 피투성이로 숨이 끊긴 채 쓰러져 있다. 이 사건은 누가 봐도 당연히 나를 의심할 수밖에 없는 상황이다. 범인은 당연히 장갑을 끼고 범행을 저질렀을 거니까 현장에 나에게 유리한 증거는 없다. 하긴 내가 범인이 아니라는 결정적인 증거가 있다. 바로 진범이다. 만약 진범이 자수한다면 나는 누명을 벗고 도피자 신세를 면할 수도 있다. 그러기 전엔 붙잡히면 나는 곧바로 철창행이다.

설상가상으로 나는 절도 전과까지 있다. 절도사건 역시 내가 억울하게 누명을 쓴 거다. 민수라는 친구가 훔친 오토바이 뒤에 탄 죄밖에 없는데 민수가 내가 오토바이를 훔쳤다고 뒤집어씌운 바람에 진범으로 몰려 소년원에 가게 된 거다. 김 형사는 내 말은 무시하고 민수 말만 듣고 조서를 꾸몄다. 사실 나는 민수가 훔친 물건인지도 모르고 오토바이를 딱 한 번 탔는데 민수는 빠져나가고 내가 죄를 뒤집어썼다.

경찰서에서 조사를 받으면서 나는 부모의 부재에 대한 빈자리가 너무 크다는 걸 뼈저리게 느꼈다. 친구는 부모가 있고 나는 보육원 출신이다 보니 형사가 내 말은 도통 믿어주지를 않았다. 부모라는 큰 산이 없는 나는 찬바람에 그대로 노출되어 한기를 막아내기에는 역부족이었다.

나는 가끔 부모의 이혼이 나 때문이라는 죄의식에 사로잡혔다. 눈길에서 부모가 내 손을 잡아주지 않고 도망간 이유도 내가 잘못해서 그랬을 거라는 이혼에 대한 트라우마가 가슴에 옹이처럼 박혀버렸다.

소년원 생활도 다른 아이들보다 몇 배는 더 힘들었다. 입소할 때 방대가 시비를 걸면 당당하게 맞짱을 떠야 얕잡아보지 않는데, 내가 주눅이 들어 고개를 숙이는 바람에 원생들에게 동네북이 돼버렸다.

이 사건도 내가 범인이 아니라고 자수를 하면 될 것이다. 아무리 생각해봐도 내가 왜 거실에 들어가 안방문을 열었는지 무의식적으로 행한 일이라 이해가 안 간다.

형사는 분명히 현장에서 지문이 발견됐는데 왜 거짓말을 하냐고 다그칠 거고, 계속 부인하면 내가 고아라는 점과 절도 전과를 들먹거리며 나를 곤궁에 빠뜨릴 것이다. 오토바이 사건에 비추어보더라도 더구나 이번 일은 내가 이길 수 있는 게임이 아니다. 바닷물로 소금을 만든다고 해도 내 말은 믿지 않을 게 뻔하다.

따지고 보면 내가 선택해서 고아가 된 게 아니다. 부모도 내가 선택하지 않았기에 나는 부모에게 버림을 받았지만 후회하거나 원망하지도 않았다. 나라도 고향도 이름도 성도 나를 취조한 형사까지도 세상은 내가 마음대로 선택할 수 있는 것이 아니었다.

노인이 아침을 먹은 후에 주섬주섬 옷을 챙겨 입고는 옷장 서랍에서 돈을 꺼냈다. 일을 보러 읍내에 다녀오겠다고 했다. 오토바이를 탄 노인의 모습을 지켜보다가 움막 안으로 들어가 서랍을 열어젖혔다. 신문지로 포장한 5만 원권과 1만 원권 돈다발이 쏟아져나왔다. 어림잡아 수천만 원은 될 것 같았다. 갑자기 혜진이가 생각났다. 약속대로 혜진이 생일날 금목걸이를 걸어줘야 한다. 나는 가방에다 돈다발을 쓸어 담고 외출복으로 갈아입었다. 부모보다 더 든든한 백이 생기자 어깨에 힘이 들어갔다. 오직 돈만이 내 편이라는 생각이 들었다. 돈뭉치를 보고 달려와 나를 껴안고 기뻐할 혜진이 모습을 떠올렸다.

버스를 타려고 면 소재지를 향해 발길을 재촉했다. 두 시간쯤 걸었을까. 하얀색 바탕의 면사무소 건물이 눈에 들어왔다. 승강장에서 버스를 기다리고 있던 몇몇 사람들이 게시판을 들여다보며 웅성거리고 있었다.

중요 지명 피의자 공개수배

강도살인
이준서(23세, 남)
등록지: 서울 종로구 구기동
주 소: 서울 종로구 진흥로
신장 173㎝, 보통 체격
표준 말씨. 검정색 모자를 즐겨 착용함

검거에 결정적 제보를 하신 분께 500만 원의 신고보상금을 드립니다.

현상수배 전단지였다. 전단지에 박힌 사진이 겁에 질린 채 나를 바라보고 있었다. 사방이 벽이었다. 어디에도 내 편은 없었다. 뭇사람들의 시선이 날카롭게 내리꽂혀 얼굴이 따가웠다. 나는 발길을 돌렸다. 면 소재지를 벗어나 인적이 드문 산길에 접어들자 후다닥 뛰기 시작했다. 벌써 움막 앞에는 노인의 빨간색 오토바이가 나를 기다리고 있었다. 다리가 후들거렸다. 슬금슬금 방문을 향해 다가갔다. 노인이 코를 고는 소리가 막걸리 냄새와 뒤섞여 문틈으로 새어 나왔다. 살그머니 서랍을 열었다.

"진수야 가지 마. 으흐흐흑."

갑자기 노인이 잠꼬대하며 몸을 뒤척였다.

순간 나는 머리가 하얘지며 몸이 굳어버렸다. 겨우 정신을 차리고 나서 돈뭉치를 원위치에 집어넣고 얼른 작업복으로 갈아입었다.

이른 아침부터 비가 내렸다. 노인은 비옷을 입고 갯고랑에서 뜯은 솔잎처럼 생긴 나물을 펄펄 끓는 물에 데치더니 된장과 버무려 안줏감으로 내왔다. 나물을 씹을 때마다 알갱이가 톡톡 터지면서 입안에 향긋한 갯내음이 스며들었다. 톳나물과 식감이 비슷했다. 이렇게 맛있는 음식은 생전 처음 먹어본다고 하자 노인은 염전에서만 나는 나문재나물이라며 접시를 내 앞으로 쭉 내밀었다.

점심때가 되자 비가 그쳤다. 빗물에 먹을 감은 오월의 태양은 민낯으로 열기를 내뿜어 지상의 물기를 다시 하늘로 거둬들이고 있었다. 노인은 수로를 통해 염판에 고인 빗물을 모두 갯고랑으로 빼내고는 염판 바닥을 햇볕에 말렸다.

염전 옆에는 노인의 텃밭이 있어 무, 배추와 곡식 대부분은 그 밭에서 충당할 수가 있었다. 수차질을 하거나 바다에 낚시를 던지면 생선이 올라왔다. 갯고랑에서는 맛 좋은 갈게가 잡혔고, 썰물 때 맨살을 드러낸 갯벌을 뒤집으면 크고 작은 조개들이 널려있었다.

물 길어 오는 일이 좀 신경이 쓰였다. 움막에서 200여 미터 떨어진 산속에 우물이 있었다. 한번은 물을 긷다가 수풀 사이에서 갑자기 고라니가 튀어나오는 바람에 간이 떨어져 나가는 줄 알았다.

소금의 원료는 바닷물이다. 공짜인 바닷물로 소금을 만들어 돈과 교환하는 염전은 세상에서 제일 살기 좋은 낙원이라는 생각이 들었다. 이곳에서 혜진이와 함께할 수만 있다면 아무것도 부러울 것이 없을 것 같았다.

위치 추적을 피하려고 휴대폰 전원을 꺼버려 혜진이 소식이 궁금했다. 혜진이가 TV에 나온 구기동 살인사건의 용의자가 바로 나라는 사실을 알게 되면 어떻게 될까. 바닷물이 증발하여 소금이 되듯 시간이 모든 것을 해결해 주리라고 나는 생각했다.

노인이 해주에서 수차질을 하자 소금물이 수로를 따라 염판으로 흘러들었다. 나는 소금물의 수위를 조절해 가며 물막이 판자로 염판의 물꼬를 막았다.

내가 노인 대신 수차에 올라 지지대를 두 손으로 꽉 붙잡고 수차 발판에다 발을 올렸다. 수차 바퀴가 획 돌아갔다. 내가 중심을 잃고 불안해하자 노인은 재차 요령을 알려줬다. 노인이 가르쳐준 대로 자전거를 타듯 허리를 곧추세우고 앞만 바라보며 천천히 발판을 밟았다. 수차 바퀴가 묵직해지더니 바닷물이 딸려오기 시작했다. 나는 기뻐서 환호성을 질렀다. 노인은 수차질만 할 줄 알아도 염전 일의 절반은 배운 셈이라며 활짝 웃었다. 노인은 요즘에는 하도 세상이 편해져서 바닷물을 펌프로 끌어올려 염전에서 수차가 사라지고 있다며 혀를 찼다.

  노인은 보메로 염판의 물을 측정하더니 염도가 18도나 나가니까 며칠 동안만 비가 오지 않으면 소금을 안칠 수 있을 거라며 기뻐했다. 소금을 내려고 해주에 있는 소금물을 염판으로 끌어들이는 작업을 노인은 소금을 안친다고 했다.

"오빠, 수차질 되게 잘하네."

언제 왔는지 혜진이가 수차 앞에서 하얀 덧니를 드러내며 나를 바라보고 있었다. 내가 수차에서 뛰어내리자 혜진이가 도망갔다. 나는 혜진이를 붙잡으려고 안간힘을 썼으나 신발이 땅바닥에 달라붙어 한 발짝도 옴짝달싹할 수가 없었다. 나는 신발을 벗어젖히고 혜진이를 향해 필사적으로 내달렸다. 이제 손만 뻗으면 붙잡을 수 있는 거리였다. 갑자기 혜진이가 고개를 휙 돌렸다. 혜진이 얼굴이 어느새 김

소금이 오는 소리

형사로 변해버렸다.

"으악!"

해주 지붕에 기댄 채 나도 모르게 소리를 내질렀다.

옆에서 담배를 피우던 노인이 무슨 잠꼬대를 그리 심하게 하냐며 기가 허해서 그런다며 나를 물끄러미 바라보았다.

노인이 요리한 생선찌개가 밥상에 올라왔다. 옆에 놓인 접시에는 모치를 두툼하게 썬 생선회가 눈길을 사로잡았다. 마치 내 생일날 같았다. 나는 부모의 부재로 잃어버린 것이 한두 가지가 아니었다. 생일도 그중 하나였다. 노인은 생선회에 초장을 듬뿍 찍어 내 입에다 넣어주며 말을 꺼냈다.

"우리 아들이 안 죽었으면 나도 김군 같은 손자가….

노인의 주름 잡힌 눈가에서 간수처럼 짜디짠 눈물이 배어 나왔다.

바람과 햇볕은 바닷물만 증발시킨 것이 아니었다. 노인의 육골도 거둬들여 노인이 죽으면 한 줌 소금으로 남을 것 같았다.

"김군, 소금이 오는 소리를 들어본 적 있나?"

노인이 갑자기 말을 걸었다.

"소오오금 소오오금 하고 오는 게 아녜요?"

내가 장난스럽게 대답하자 노인이 한바탕 웃고 나서 자신이 소금 오는 소리를 직접 들려주겠다고 했다. 노인은 쭈그리고 앉아 가슴이 무릎에 닿게 잔뜩 웅크리더니 두 손을 얼굴 가까이 대고 갓난아이처럼 손가락을 곰지락거렸다. 내가 고개를 갸웃거리자 노인은 잘 들어보라며 똑같은 동작을 반복하고 나서 담배를 입에 물었다.

"소금이 오는 소리는 우주가 열리는 소리이자 생명의 소리야."

담배 연기처럼 나타났다가 잡힐 듯 말 듯 사라져버리는 노인의 말에 나는 허기를 느꼈다.

노인은 아내와 아이가 죽고 나서 어느 날 실성한 사람처럼 염전 둑에 주저앉아 담배를 피우는데 어디선가 태동이 느껴졌다는 거였다. 퍼뜩 정신을 차린 노인은 귀를 기울이며 소리를 따라가 보니 염판에 희끄무레한 알갱이들이 번지며 소금이 오고 있었다고 했다. 노인은 아내의 볼록한 배에다 틈만 나면 귀를 대보곤 했는데, 그때 들었던 생명의 소리를 듣고는 정신이 번쩍 들었다며 담배 연기를 길게 내뿜었다.

나는 생명의 소리라는 말에 귀가 번쩍 뜨였다. 그동안 내가 들었던 소리는 한낱 죽음의 소리였다. 어려서부터 눈

칫밥을 먹다 보니 길고양이처럼 어슬렁거리고 마음은 늘 얼음장 같았다. 나는 바닷물이 되어 생명의 소리를 내며 하얀 소금으로 다시 태어나고 싶었다.

잠결에 빗소리가 들려 눈을 떴다. 어느 틈에 일어났는지 노인이 휴대용 전등을 머리에 쓰고 있었다. 나는 노인에게 전등을 빼앗아 머리에 두르고는 밖으로 뛰쳐나갔다. 번갯불이 번쩍이며 장대비가 쏟아지고 있었다. 미끌미끌한 염전 둑을 내닫다가 쿵하고 바닥에 나뒹굴고 말았다. 오른쪽 발목에 심한 통증이 느껴졌다. 언제 뒤쫓아왔는지 노인이 나를 일으켜 세웠다. 노인은 나를 부축하여 움막에 데려다주고는 곧바로 염전으로 사라졌다. 어둠 속에서 반딧불처럼 날아다니는 전등 불빛이 움막 창가에 어른거렸다.

노인은 물에 젖은 옷을 벗으며 소금물에 빗물이 뒤섞여 소금이 오려면 며칠은 더 걸려야 할 것 같다고 말했다. 노인은 정성스럽게 발목에다 파스를 붙여주고는 내일까지 낫지 않으면 오토바이로 함께 병원에 가자고 했다.

노인은 세상에 쉬운 일이 어디 있겠나, 힘들여 일은 하지 않고 남의 돈을 거저먹으려고 해서 탈이라며 그런 짓은 강도나 마찬가지라며 핏대를 세웠다. 힘은 몇 배 더 들어도 자신이 지금까지 전통적인 방법으로 소금을 내는 것은 선을 행하고 있다는 거였다. 꼭 거창하게 무슨 벼슬을 하고 큰일을 해서가 아니라 깨끗한 소금 한 톨 만들어내는 것도 사회적으로 중요한 일이라고 했다. 옛날엔 초상집에 다녀오면 부정을 타지 못하도록 소금을 뿌렸다면서 소금은 자연과 염부가 한 몸이 되어 빚어낸 세상에서 가장 신성한 음식이라며 자리에 누웠다. 노인은 사람이 먹는 음식을 더럽히면 천벌을 받는다며 염판에 침을 뱉거나 담배꽁초 하나 버리지 않았다. 방귀가 나와도 염판에서는 뀌지 않았다.

밤새 노인이 콜록거렸다. 노인의 이마를 만져보니 불덩이 같았다. 밖을 드나들며 찬물에 적신 수건을 이마에 얹어주자 노인은 말없이 내 손을 꼭 붙잡았다. 다섯 살 때 마지막 잡았던 아버지의 손길이 느껴졌다.

노인이 아침을 먹고 나서 부랴부랴 양복을 챙겨 입었다. 함께 염전을 하며 형제처럼 지내던 최 씨라는 사람이 폐암으로 서울 병원에 입원 중인데 어젯밤 꿈에 나타났다는 거였다. 최 씨를 한번 보고 와야 마음이 편하겠다며 노인은 허둥지둥 집을 나섰다.

"몸도 편찮으신데 다음에 가면 안 돼요. 아버지?"

아버지라는 말에 노인은 뒤돌아서서 나를 부둥켜안고는 우리 아들 덕분에 다 나았다며 환하게 웃었다.

밤이 찾아왔으나 노인은 돌아오지 않았다. 노인이 없는 움막집은 적적하고 날은 더디 샜다. 이따금 들려오는 갈매기 울음소리가 신경에 거슬렸다.

아침이 밝았다. 파스 덕분인지 다리가 별로 불편하지 않았다. 나는 해주에 있는 수차 위에 올라서서 소금물을 염판으로 끌어올리며 노인이 사라진 쪽을 바라다보았다. 금방이라도 부릉부릉 소리를 내며 노인이 나타날 것만 같았다.

소금물이 가득한 염판으로 눈길을 돌리자 마치 부자가 된 기분이었다. 염도를 재보니 21도인 염판도 있었다. 빗물이 뒤섞인 상황에서 이 정도면 증발이 잘 되고 있다는 증거였다. 나는 노인이 너털웃음을 터뜨리며 칭찬해 주는 모습을 상상하면서 주먹을 불끈 쥐었다.

바닷물이 빠져나간 개펄에는 바다 생물들의 운동회가 열렸다. 크고 작은 게들이 솜씨를 뽐내며 달리다가 갈매기가 나타나면 어느새 구멍 속으로 몸을 숨겼다. 눈이 톡 튀어나온 짱뚱어는 꼬리를 튕겨 높이뛰기를 했다. 개펄을 뒤집자 모시조개가 회갈색 배를 드러냈다. 바지락도 드문드문 눈에 띄었다. 갯지렁이는 굼실거리며 개펄 위에 암호를 새겼다. 개펄은 뭇 생명들을 키워내는 보금자리였다.

노인을 위한 특별한 요리를 시작했다. 냄비에다 된장을 풀고 다진 마늘과 청량고추를 썰어 넣었다. 국물이 보글보글 끓어오르자 모시조개가 "피이" 하고 뽀얀 속살을 드러냈다. 노인이 오면 조개탕을 안주로 막걸리를 대접하려고 마음먹으니까 마치 내가 주인 같았다. 노인은 쩝쩝 국물 맛을 보며 나를 향해 엄지손가락을 치켜세울 것이다. 나는 칭찬을 받아본 기억이 없었다.

천둥소리가 들렸다. 플래시 불빛을 따라 염전을 뛰어다니며 정신없이 비설거지를 하다가 나는 뭔가 잘못되어 가고 있다는 사실을 알았다. 염판의 물꼬 트는 일이 헷갈려 염도가 높은 물과 낮은 물이 뒤섞여버린 것이다. 내 인생은 왜 이렇게 꼬이기만 하는 걸까.

나는 움막으로 돌아와 연거푸 막걸리를 들이켰다. 구름만 다소 끼고 비는 내리지 않을 거라고 했는데 일기예보도 믿기 어려웠다. 노인은 일기예보에만 매달리지 않고 자신이 경험한 자연현상을 통해 날씨를 예측했다.

한번은 기상 캐스터가 밤에 비가 내리겠다고 예보를 했는데도 노인은 저녁때까지 비설거지를 하지 않았다. 내가 비설거지를 하겠다고 나서자 노인은 말없이 서편 하늘을 가리켰다. 바다 위로 노을이 붉게 타고 있었다. 노을이 짙으면 날씨가 좋다는 노인의 말대로 신통하게 비가 오지 않았다.

노인은 왜 돌아오지 않는 걸까. 옷장 서랍을 열었다. 신문지에 싼 돈다발과 노인의 손때 묻은 검정색 낡은 수첩이 눈에 띄었다.

 수첩에는 소금을 내는 방법과 날씨에 대해 꼼꼼하게 적혀있었다. 햇무리와 달무리가 지면 비가 오고, 저녁에 무지개가 뜨면 날이 좋다느니, 바다가 우우하고 울면 큰물이 지고 태풍이 몰려올 징조라는 등 날씨를 예측하는 노인의 비법이 담겨 있었다.

 하늘은 소금을 내도록 도와주고 방해하기도 했다. 애써 염도를 높이면 비를 뿌려 순식간에 헛수고로 만들어버렸다. 나는 날이 조금만 흐려도 저녁에는 아예 염전 물을 해주로 저장했다가 다음 날 수차로 끌어올렸다. 힘은 들어도 소금물을 지켜내기에는 가장 안전한 방법이었다.

 수차에 올라 두 눈을 질끈 감고 지지대에서 손을 뗐다. 수차는 여전히 끄덕거리며 소금물을 끌어 올렸다. 오월의 태양은 열기를 내뿜으며 염전을 향해 다가왔다.

 수첩을 들여다보며 보메로 염도를 체크했다. 비중계 눈금이 24도를 가리켰다. 수첩에는 소금이 오는 가장 적합한 염도는 24도라고 적혀있고 빨간색으로 밑줄까지 그어져 있었다. 염도가 그보다 낮으면 소금 알갱이가 작아 상품 가치가 없고, 그보다 높으면 소금에서 쓴맛이 난다는 설명까지도 덧붙여 놓았다. 노인이 어느 날 소금단지 2개에서 번갈아 소금을 꺼내주며 어떤 소금이 더 맛있냐며 물어보던 일이 기억났다.

한낮이 되자 염전바닥이 따뜻해졌다. 바람도 살랑거렸다. 노인의 말대로 소금 오기 딱 좋은 날이었다. 수직으로 내리꽂히는 햇볕에 정수리가 뜨거웠다. 나는 소금물이 그득한 염판을 주시했다. 염판에 내비친 하늘에는 구름 한 점 없었다. 갑자기 현기증이 일어 염판 둑에 바짝 엎드렸다.

"곰지락, 곰지락…"

산들바람이 키질할 때마다 염전이 꿈틀거리며 소금이 오는 소리가 들려왔다. 어느새 염판에는 새하얀 소금꽃이 점점이 피어나고 있었다.

야옹과 야옹 사이

2호선 지하철 안에서 성추행범으로 체포되어 K경찰서에 연행된 지 벌써 두 시간째다. 나를 험상궂게 노려보며 범행을 추궁하던 강 형사가 담배 한 대를 꼬나물고 의자를 뒤로 젖힌 채 천장을 향해 길게 연기를 내뿜었다.

수사관 강남근

40대 후반쯤 되어 보이는 그는 광대뼈가 드러난 구릿빛 얼굴과 떡 벌어진 어깨, 곱슬머리까지 이름과 궁합이 잘 맞아떨어진다는 생각이 들었다.

모니터 옆에 조그마한 화분이 눈에 들어왔다. 산호수였다. 먼지를 뒤집어쓰고 다닥다닥 붙어있는 연녹색 이파리들은 살짝 스치기만 해도 부스러질 것 같았다.

서울 근교에 있는 산호수 농장으로 봉사활동을 나갔다가 그녀를 만났다. 그녀는 다른 부서의 신입사원이라 초면이었다. 빛바랜 청바지 차림의 그녀는 갸름한 얼굴에다 긴 생머리가 뒤태와 어우러져 자꾸 시선이 쏠렸다.

그날 작업은 플라스틱 재질의 작은 화분에다 산호수 묘목을 두세 포기씩 옮겨심는 일이었다. 그녀가 조심스럽게 묘목을 어루만지며 이름을 물었다. 나는 기다렸다는 듯이 산호수라고 알려주었다. 열매가 빨간색 산호 모양이라 산호수라는 이름이 생겼고, 사랑의 열매도 산호수 열매에서 유래 되었다는 말까지 덧붙였다.

"산호수 꽃말은요?

고개를 끄덕이며 설명을 귀담아듣던 그녀는 커다란 눈망울로 나를 바라보더니 입을 열었다.

"산호수 꽃말은요. 내일은 행복이랍니다."

그녀는 함박웃음을 지으며 산호수 이파리에다 입을 갖다 대었다.

호산나! 거꾸로 하면 나산호. 산호수와 무슨 운명적인 실타래라도 엮여있는 걸까. 내가 세례명 아니냐고 묻자 그녀는 본명이라며 산호 산(珊)자에 아리따울 나(娜)자를 쓴다고 했다.

산호수가 인연이 되어 나는 그녀와 약혼을 하고 이제 결혼식을 앞두고 있다. 회사에서는 우리의 연애담이 관심사로 떠올랐고, 동료들은 농담 삼아 우리를 산호수 커플이라고 불렀다.

"엉덩이 만진 거 맞죠?"
한참 생각에 잠겨있는데 강 형사가 불쑥 말을 내뱉었다.
"아니라니까요, 형사님, 저는 절대로 안 만졌어요."
"어허, 이 선생, 잔머리 굴리지 말고 어서 사실대로 말하세요."
"진짜라니까요, 형사님, 저는 만지지 않았다니까요."
"피해자가 전철에서 자기 엉덩이를 더듬은 사람이 바로 이 선생이라고 분명히 지목하고 있는데 계속 부인할 겁니까?"
"제가 만졌다는 증거가 있냐구요. CCTV 화면이라도 한번 가져와 보라고 하세요."
"이 선생 정말 보통이 아니구먼. 그 전철 칸에 CCTV가 없다는 것까지 미리 확인하고 범행을 저질렀네. 이거."
"네에? 무슨 말씀이세요? 형사님. 전 정말 그런 적이 없다니까요."

강 형사가 어이가 없다는 듯 나를 물끄러미 쳐다보았다. 강 형사는 피해자가 성추행을 당하면서 전철 칸의 위치까지 휴대폰으로 메시지를 전송했고, 경찰이 출동했을 때 당신이 그 아가씨 뒤에 서 있었는데도 계속 오리발을 내놓을 거냐고 추궁했다.

"형사님, 전철에서 아가씨 뒤에 서 있으면 다 범인 취급을 받아야 합니까?"

나는 언성을 높이며 퇴근길에 고객과 식사하면서 소주 몇 잔을 마셨고, 집에 가려고 전철을 탔는데 빈자리가 없어서 깜빡 졸다가 내려야 할 S역을 지나쳤을 뿐이고, 아가씨가 성추행을 당했다면 범인은 내가 아니라 다른 사람일 거라고 거듭 같은 주장을 되풀이했다.

아까 전철 안에서 검거될 때까지 나는 경찰이 다가온 줄도 모르고 졸고 있었다. 정말 나는 아무 영문도 모른 채 성추행범이란 누명이 씌워진 것이다. 현장에서도 완강하게 혐의를 부인했지만 경찰은 막무가내로 나를 연행했고, 나는 조사 과정에서 사실 관계를 이야기하면 곧바로 풀려날 줄 알았다.

강 형사는 내가 졸다가 역을 지나친 것이 아니고 일부러 성추행을 하려고 안 내린 게 아니냐며 피해자 명의로 작성

야옹과 야옹 사이　147

된 진술서를 보여주며 말을 이어갔다.

"피해자는 당신이 엉덩이를 만지다가 점차 노골적으로 성기를 피해자 엉덩이 사이에 밀착시키는 방법으로 성추행을 했다고 일관되게 진술하고 있어요. 한마디로 여대생인 피해자가 진술한 내용이 당신 주장보다 더 신빙성이 있다는 거요. 그리고 검거 당시 당신의 바지 호크가 채워져 있지 않았어. 지퍼도 조금 내려가 있었고."

강 형사가 나를 째려보며 인상을 쓰자 미간에서 내 천(川) 자 주름이 꿈틀거렸다.

아니 왜 내 말은 믿어주지 않고 피해자의 말만 옳다고 판단을 하는 걸까. 피해자가 무슨 천사라도 된다는 말인가. 피해자도 얼마든지 거짓 진술할 수가 있고 실수로 가해자를 잘못 지목할 수도 있다. 이런 식으로 조사가 이루어진다면 여자가 남자 하나 죽이기는 누워서 떡 먹기다. 내가 실수로라도 그녀의 엉덩이에 손이 닿았다면 차라리 덜 억울하겠다. 그녀 뒤에 서 있었다는 사실만으로 내가 남자이기 때문에 죄인 취급을 받는다면 남자들에게는 불행한 일이다.

"형사님, 그건요. 제가 원래 배가 나와 식사를 하고 나면 바지가 허리춤에 끼어 답답해서 일부러 허리띠를 느슨하게 매고 바지 호크를 풀거든요. 그런 상태에서 몸을 움직이다 보면 저도 모르게 지퍼도 내려가게 되구요."

나는 철제 의자에서 벌떡 일어나 강 형사에게 불룩한 아랫배를 내밀어 보였다.

"어허, 이 선생, 그렇게 자꾸 억지 변명을 할 겁니까? 내가 지금 형사 생활 20년이오. 10년이면 강산도 변한다는데 강산이 두 번이나 변할 정도로 형사 생활을 했단 말입니다. 이 정도 경력이면 얼굴만 한번 쓱 훑어봐도 이 선생이 지금 무슨 생각을 하고 있는지 다 눈에 보여요. 알았어요. 이 선생?"

강 형사가 눈꺼풀을 치켜뜨고 날카롭게 벼린 시선 끝으로 내 얼굴을 한번 확 찌르더니 여유 있게 미소까지 지어 보이며 다시 말문을 열었다.

"이 선생, 도공도 20년 경력이면 눈을 감고도 불량품을 귀신같이 가려낸다고 들었소. 두 눈을 딱 감고 도자기를 쓱 만지기만 해도 단번에 흠을 발견할 수가 있다는 말이오. 입장을 바꿔서 이 선생이 형사 생활 20년하고 이 자리에 앉아있다고 해봅시다. 눈에 보이겠어요. 안보이겠어요?"

강 형사는 베테랑 형사답게 점점 나를 옥죄어 왔다. 강하게 몰아붙이다가도 부드럽게 설득하는가 하면 자신의 의지대로 감정을 추스르는 것을 보니 정말 고수답다는 생각이 들었다. 차라리 반말이나 욕설이라도 하면 그걸 꼬투리 삼아 물고 늘어질 텐데 강 형사는 그러한 틈조차 내어주지 않았다.

강 형사는 자신이 프로파일러가 되려고 범죄심리학을 공부했다면서 여자의 엉덩이를 보면 본능적으로 일단 만지고 싶은 게 남성의 심리라고 말했다. 특히 미스브라질 엉덩이 선발대회에서 퀸으로 뽑힌 마세도처럼 탱탱한 엉덩이를 보면 남성이라면 누구나 그런 생각이 들기 마련인데, 청바지를 입은 피해자인 여대생 엉덩이도 마세도 못지않았다며 나를 의심의 눈초리로 째려보았다.

그리고 뜬금없이 지킬 박사와 하이드를 읽어본 적이 있냐고 묻더니, 사람은 낮에는 지킬 박사처럼 양의 탈을 쓰고 있다가도 밤만 되면 하이드처럼 늑대로 변하는 습성이 있기 때문에, 감정을 억제하지 못하면 누구나 범행을 저지를 수가 있다고 설교하듯 말했다.

또한 맹자는 성선설을, 순자는 성악설을 주장했으나 자신이 생각하기엔 인간은 선과 악을 다 지니고 태어나고, 선이 악을 억눌러야 하는데 악은 증기처럼 분출하는 힘이 워낙 강해서 선이 커버하기엔 역부족이라고 강 형사는 나름대로 체계화한 선악설 이론을 늘어놓았다.

후기인상파 거장 르누아르는 "만일 여성의 유방과 엉덩이가 없었다면 나는 그림을 그리지 않았을 것이다."라고 말했다. 그는 누드화를 그릴 때 누구나 그 그림을 보고 유방이나 엉덩이를 만지고 싶은 충동을 느끼도록 그려야 한다고 생각했다. 그의 작품 '목욕 후에'는 풍만한 여성의 가슴과 엉덩이가 캔버스에 가득 차 단박에 뭇 남성들을 유혹한다.

 나는 사춘기 때 우연히 이 그림을 보고 무엇을 훔쳐 먹은 것처럼 가슴이 덜덜 떨린 적이 있다. 그의 그림은 아편처럼 묘한 중독성을 내뿜으며 나를 끌어들였다.

 회사 동료인 김 대리와 함께 해외 연수 차 프랑스와 이탈리아에 갔을 때 르누아르의 화폭에 등장한 여인들의 엉덩이를 이해하는 데는 많은 시간이 걸리지 않았다. 파리와 밀라노 거리마다 엉덩이들이 물결쳤다. 엉덩이가 어찌나 큰지 사람이 걷는 게 아니라 엉덩이가 걸어가고 있는 것 같았다. 엉덩이들은 바지 속에 풍선을 잔뜩 부풀려 넣은 것처럼 터질 듯이 봉긋하게 솟아있었다.

 밀라노 광장 앞에서 김 대리가 내게 카메라를 건네주며 벤치에 앉아 한껏 폼을 잡았다. 내가 파인더를 들여다보며 셔터를 누르는 순간 김 대리 얼굴 위로 뭔가 겹쳐지는 느낌을 받았다.

  귀국 후 어느 날, 김 대리가 식사를 함께하자고 했다. 저녁을 먹기로 했는데 자리에 앉자마자 김 대리는 주머니에서 사진 한 장을 꺼내 나에게 내밀었다. 금방이라도 사진 밖으로 튕겨져 나올 것 같은 탱탱한 엉덩이를 배경으로 엉덩이에 반쯤 가려진 김 대리의 미소 띤 얼굴이 보였다. 정확히 묘사하자면 김 대리의 얼굴을 배경으로 한 이탈리아 여성의 엉덩이 사진이었다.

  순간 나는 얼굴이 화끈거렸다. 사진을 망쳐서 미안하다고 하자 김 대리는 오히려 반색하며 건배를 제의했다. 그러더니 내 손을 꽉 잡으며 이 사진이야말로 레오나르도 다빈치가 그린 최후의 만찬에 버금가는 21세기 최고의 걸작이라며 찬사를 아끼지 않았다. 필름을 인화한 사진관 아저씨도 사진을 보고는 침을 질질 흘리더라는 우스갯소리까지 털어놓았다. 하루에도 몇 번씩 혼자 사진을 꺼내본다는 노총각 김 대리는 그 사진 때문에 살맛이 난다고 했다. 김 대리는 오늘 술값을 자기가 내겠다면서 나를 사진작가님이라고 호칭하더니 아예 그 사진 이름까지 붙여 달라며 능청을 떨었다. 나는 그 작품명을 〈밀라노의 백자〉라고 명명했다.

〈밀라노의 백자〉는 동서양이 앙상블을 이룬 명작이었다. 하늘을 담은 호수처럼 바지라는 투명한 그릇은 엉덩이를 가득 담아내고 있었다. 뽀얀 살결과 볼륨이 그대로 드러난 타이트한 하얀 바지는 이미 옷의 기능을 상실하고 말았다. 망막 세포에 녹아드는 수밀도(水蜜桃)는 미각돌기로 흘러내려 말미잘 촉수처럼 꿈틀거리며 입안이 축축해졌다. 허리 끝에 살짝 드리워진 코발트색 티셔츠 자락은 마치 지중해를 연상케 했다. 지중해에 잠겨있는 우윳빛 달항아리가 금방이라도 푸른 물결을 박차고 솟구쳐 오를 것만 같아 잠시라도 눈을 뗄 수가 없었다.

사진을 찍다 보면 의도치 않은 풍경이 연출되기도 한다. 석양 무렵, 해변에서 황금빛 넘실대는 수평선에 초점을 맞추고 셔터를 눌렀는데 비키니를 입은 아가씨가 찍혀있다. 나는 의도조차 하지 않았지만 찰칵하는 순간 아가씨가 풍경 속으로 뛰어든 것이다.

내가 이국땅에서 뜻하지 않게 이탈리아 여성의 엉덩이를 찍은 것처럼 나는 지금 피해자인 여대생의 렌즈에 찍혀버렸다. 피해자가 의도를 했든 안 했든 간에 일단 나는 여대생의 사진에 박혀있다.

"강 형사님, 저는 피해자 얼굴도 모릅니다. 내가 범인이 맞는지 피해자와 대면하게 해주세요."

나를 범인으로 지목한 피해자가 어떤 여자인지 궁금했다. 그리고 그녀에게 내가 범인이 아니라는 걸 증명해 주고 싶었다. 강 형사는 범행 현장에서 피해자가 당신이 범인이라고 지목해서 현행범으로 체포했고, 피해자 보호차원에서도 대질 조사를 할 필요가 없다며 목소리를 높였다.

호산나와 결혼식 날짜가 한 달밖에 남지 않았다. 나는 약혼식 때 그녀에게 산호수 두 그루를 심은 빨강 도자기 화분을 선물했다. 나와 그녀의 상징이었다. 그녀는 화장대 거울 앞에 화분을 두고 날마다 산호수를 어루만지며 웨딩드레스 입을 날을 기다린다고 했다. 그녀가 이런 사실을 알게 되면 어떻게 될까. 혓바닥이 바짝 말라 입천장을 스칠 때마다 바스락거렸다.

"이 선생, TV에서 봤지요. 유명 인사들이 사건에 연루되어 조사받으러 가면서 자신은 혐의가 없다고들 떠들어대지요. 그러나 결국 어떻게 됩니까. 다 쇠고랑 차고 나오지요. 혐의를 부인하면 검사나 판사나 다 싫어해요. 봐줄 것도 안 봐준단 말입니다. 이 선생은 전혀 잘못이 없는 것처럼 주장하는데 그때 그 장소에 있었다는 것도 잘못이지요. 이 선생이 그 자리에 없었다면 이런 일이 없었을 것이 아니오."

나는 아무 대꾸도 하지 않고 어처구니가 없다는 표정으로 강 형사를 바라보았다. 오비이락(烏飛梨落)이란 말이 떠올랐다.

"그리고 이 선생, 지금은 사건을 담당하는 검사나 판사가 거의 다 여자지요. 성범죄는 여자들 앞에서 부인하다가는 큰코다쳐요. 차라리 쿨하게 인정하고 선처를 구하는 게 더 낫다는 말입니다."

대체 뭘 인정하란 말인가. 나는 그 여대생을 알지도 못하고 엉덩이를 만진 적이 없는데 만졌다고 거짓말이라도 하라는 건가. 갈피를 잡지 못하고 망설이던 차에 강 형사가 불쑥 말을 꺼냈다.

"이 선생, 고양이 키워 본 적 있어요?"

내가 어렸을 때 엄마가 고양이 한 마리를 사 왔다. 검은 고양이였는데 엄마가 나비라고 불러 나비가 고양이 이름이 돼버렸다. 나비는 식구들 중에서 특별히 나를 좋아했다. 내가 학교 갔다 돌아오면 어떻게 알았는지 야옹 하고 나타나 내 발목에다 몸을 비벼댔다. 개는 주인을 보면 꼬리를 흔들어 반갑다는 표시를 하지만 고양이는 좋아하는 사람을 보면 슬쩍 다가와서 목이나 머리를 막 비벼댄다. 밤에도 나는 나비와 함께 잠을 잤다. 나비를 안고 자면 한겨울에는 나

야옹과 야옹 사이 155

비의 체온이 전해져 손난로처럼 따뜻했다.

"이 선생, 뭘 그리 생각하시오. 고양이 키운 적 있냐고 묻지 않았소?"

내가 말이 없자 강 형사가 되물었다.

"네, 키운 적 있어요."

"고양이가 야옹야옹 하고 울지요. 고양이가 야옹 소리를 내고 다음 야옹 하고 울기까지 그 짧은 시간에 이 세상에는 얼마나 많은 일들이 일어나는 줄 압니까?"

내가 머뭇거리자 강 형사는 다시 말을 이어갔다.

"야옹과 야옹 사이에 세상에는 수천수만 가지 사건이 발생하고, 수천 명의 사람이 죽어간단 말입니다. 알겠습니까. 그 엄청난 일들에 비하면 이 선생 같은 이런 사건은 아주 미미한 것에 불과하다 이겁니다. 그런데 거기에 뭐 그렇게 죽기 살기로 매달릴 필요가 있습니까?

10살 무렵 어느 봄날, 나는 뒷산 잔디밭에서 나비와 함께 따사로운 봄볕을 즐기고 있었다. 나비가 평소와 다르게 불안한 눈빛으로 자꾸 야옹 소리를 냈다. 예전 같으면 나비는 벌러덩 드러누워 발을 치켜들며 재롱을 피었을 터였다. 내가 나비를 드러눕히고 겨드랑이를 긁어주자 나비가 두 눈을 부라리며 야옹 하고 소리를 질렀다.

나비가 다시 야옹 하려는 찰나 형이 울면서 뛰어와 엄마가 쓰러졌다고 말했다. 나는 형과 함께 집으로 달려갔다. 아빠가 머리에 온통 피범벅이 된 엄마를 안고 눈물을 흘리고 있었다. 나는 엄마를 부르며 품에 안겼으나 엄마는 아무런 반응이 없었다.

나중에 안 일이지만, 엄마의 죽음은 돌풍에 날린 기왓장 때문이었다. 엄마가 처마 밑을 지나갈 때 하필 그 기왓장이 엄마 머리 위로 떨어지는 바람에 사고를 당한 것이다. 수많은 시간과 공간 속에서 지붕 위에서 낙하하는 기왓장과 그곳을 지나가는 엄마, 아니 그것도 엄마 머리가 기왓장과 수직으로 일치하기는 로또복권 일등 당첨 확률보다 어려울 수도 있겠다. 0.0001초의 오차만 났어도 엄마는 살아있을 것이다. 한마디로 엄마는 재수가 없었다.

세상에 하나뿐인 엄마를 잃은 것에 비하면 이건 정말 아무것도 아니다. 나는 그 후로 고양이 울음소리만 들으면 뭔가 불길한 생각이 들곤 했다. 한번은 지하 보일러실에서 고양이 울음소리가 들렸다. 나는 지하로 뛰어 내려갔다. 새끼 고양이 한 마리가 낡은 의자 밑에 숨어 야옹 하고 나를 노려봤다.

이 녀석을 이대로 울게 놔두면 아빠마저 잃을 거라는 불길한 생각이 들었다. 나는 얼른 창고 문을 닫고 포획 작전에 들어갔다. 어리다고 결코 만만한 상대가 아니었다.

아빠는 내가 고양이를 가까이하는 것을 마땅치 않게 생각했다. 고양이가 영악한 동물이라 사람이 미워하면 해코지한다는 이유였다. 아무개란 사람이 고양이를 미워했는데 고양이가 신발에 뱀을 물어다 놓아 아무개가 죽었다는 전설의 고향에서나 나올 법한 이야기를 들려주기도 했다.

나는 마당으로 나와 두꺼운 철사와 모기장으로 뜰채 모양의 고양이채를 만들었다. 고양이채를 들고 조심스럽게 창고 문을 열었다. 불과 몇 분도 되지 않아 고양이는 모기장 안에 걸려들었다. 숨을 헐떡이며 빠져나가려고 발버둥 치는 녀석을 뒷산에 풀어놓자 야옹 하고 달아나버렸다.

옆자리에는 대머리 형사가 스무 살 남짓한 청년을 상대로 취조를 하고 있었다. 대머리 형사는 반말에다 욕설까지 섞어가며 청년을 심하게 몰아붙였다. 청년도 나름대로 이유를 들며 반격했다. 청년은 전철에서 휴대폰으로 여성의 신체를 몰래 촬영하다가 붙잡힌 모양이었다. 청년은 고의가 아니라 자신도 모르게 휴대폰 카메라 버튼이 눌러져 사진이 찍힌 거라고 변명했다. 대머리 형사는 사진을 보여주며 그런데도 팬티 부분이 이렇게 선명하게 찍혔냐며 따져 물었다. 그리고 휴대폰에 저장된 몰카 사진 몇 장을 추가로 발견하고는 이 친구 이거 상습범이라고 호통을 쳤다. 상황이 불리해지자 청년은 말꼬리를 내리며 한 번만 봐달라며 애원했다. 승기를 잡은 대머리 형사가 처음부터 그렇게 나왔어야지 왜 사람을 피곤하게 만드냐며 버럭 소리를 질렀다.

대머리 형사에 비하면 강 형사는 생김새와는 달리 신사적이다. 핏대가 오르면 어쩌다 한 번씩 당신이라고 소리치는 것 말고는 좀처럼 반말하지 않았다. 하기야 나는 증거가 없으니 강 형사도 답답하겠지. 전철에서 피해자 얼굴도 엉덩이도 본 적이 없는데 성추행이라니….

"이봐요, 이 선생, 옆에는 우리보다 더 늦게 조사를 시작했는데 벌써 다 끝났잖아요. 우리도 얼른 끝냅시다."

아니 이게 무슨 온라인 게임이라도 된다는 말인가. 끝내자니. 여기서 끝내버리면 내 운명은 어떻게 될까. 며칠 있으면 회사에서 과장으로 승진하고 한 달 후면 호산나와 결혼하는데….

내가 밤낮없이 노력한 대가로 우리 회사에서 최연소 과장 승진을 앞두고 있다. 그동안 얼마나 많은 고객한테 자존심을 구겨가며 제품을 사달라고 사정했던가. 고객이나 상사에게 심한 모욕을 당해 그만두고 싶을 때도 이를 악물며 버텨냈는데 이 사건의 결과에 따라 한순간에 물거품이 돼버릴 수도 있다.

사실 이 일도 영업상 고객을 접대하느라고 발생한 것이다. 야옹과 야옹 사이에 역을 지나쳐 버리다니. 설령 내가 피해자의 주장대로 성추행했다고 해도 S역에서 내렸다면 아무런 문제가 발생하지 않았을 것이다. 악마는 자신이 임할 수 없는 곳에는 반드시 술을 보낸다고 했던가. 악마가 보낸 술이 나를 지금 궁지로 몰아가고 있다.

결단코 나는 범인이 아니다. 진짜 범인은 그녀를 더듬고 성적 만족을 취한 후 이미 빠져나가 버렸을 것이다. 경찰이 접근하도록 도망가지 않고 범행 현장에서 가만히 기다리고 있을 멍텅구리가 어디 있겠는가.

강 형사는 내가 본심이 아니라 술김에 실수한 거고, 술 취한 상태에서 저지른 범죄는 형법상 감경 사유가 될 수 있으니까 별것 아니라고 나를 설득하며 자백을 바라지만 아닌 건 아니다. 술김에 잠깐 졸다가 전철역은 지나치고 말았지만, 주량이 소주 2병인 내가 소주 몇 잔 마시고 그런 추태를 부리지는 않는다. 전철이 흔들려 잠결에 손이나 몸이 그녀에게 닿았을 수는 있겠다. 그러나 그녀의 진술은 내가 손으로 엉덩이를 더듬고 더군다나 성기를 엉덩이에 밀착했다니 이건 말도 안 된다.

"자, 이 선생, 담배 한 대 피워요. 그리고 우리 12시 안에는 무조건 끝냅시다. 제발 나 좀 봐주세요. 나도 이제 집에 들어가야 될 거 아니오. 아무것도 아닌 것 가지고 뭘 그렇게 복잡하게 생각하십니까."

맞은편에 걸려있는 빨간색 테두리의 벽시계가 11시 40분을 가리키고 있었다. 강 형사는 선심 쓰듯 내게 담배 한 개비를 건네주고는 자신도 담배를 입에 물었다.

강 형사 말마따나 내 잘못도 크다. 내가 그 자리에 없었다면 이런 일이 발생하지 않았을 것이다. 한발 더 나아가 내가 술만 안 마셨어도 S역을 지나치지 않았고 그러면 내가 여기까지 끌려와서 조사받을 일도 없을 텐데 말이다. 그러고 보니 모든 게 나 때문에 벌어진 일이라는 생각이 들었다.

나는 담배 연기를 목구멍 깊숙이 빨아들였다. 난생처음 맛보는 니코틴에 정신이 몽롱해지며 강 형사의 목소리가 흐릿하게 되살아났다. 야옹과 야옹 사이에 세상에는 수많은 일이 일어난다고. 그리고 내가 지금 당하고 있는 일은 아주 미미한 것이라고.

나는 한 번 더 연기를 깊게 들이마신 후 내뿜었다. 희뿌옇게 번지는 담배 연기 속에 점점 의식이 희미해지며 엄마의 재수 없는 죽음에 비하면 이 사건은 정말 아무것도 아니라는 생각이 들었다. 설령 모든 일이 잘못된다고 해도 어쩌면 산호수 꽃말처럼 내일은 행복하리라고 생각했다.

조도에는 새가 없다

홍석이가 조도에 산판이 벌어졌다며 돈벌이하러 가자고 했다. 나는 생계가 막막하던 차에 홍석이 제안을 거절할 이유가 없었다. 조도까지 갈 교통수단이 문제였다. 우리는 이웃 마을에 사는 선주 용진 형을 찾아갔다. 용진 형은 조도까지는 적어도 10시간은 잡아야 하는데, 요즘이 사리 때라 유속이 빠르고 풍랑이 거세어 뱃길이 순탄치 않을 거라며 난색을 표했다. 홍석이는 자기 처남이 조도에서 산판일로 큰돈을 벌어왔다면서 뱃일보다 몇 배는 더 수지가 맞을 거라며 슬쩍 미끼를 던졌다.

아침부터 눈발이 흩날리고 있었다. 나는 아직 단잠에 빠져있는 어린 아들의 이마에 입을 맞추고 서둘러 길을 나섰다.

"승산 아버지, 집안일은 내가 다 알아서 할 테니까 부디 몸조심 하시소."

아내가 고샅까지 따라 나오며 배웅했다.

"그래. 알았네. 우리 승산이 잘 부탁하네."

나는 뒤돌아서서 아내를 향해 손을 흔들었다.

만년리 해안에 도착하자 용진 형이 목선을 대놓고 홍석이와 이야기를 나누고 있었다. 배는 왕대 죽순을 가운데로 쪼개놓은 형상으로 장정 예닐곱 명만 타도 빈자리가 없을 것 같았다.

배에 오르자 용진 형은 조도까지는 워낙 먼 거리라 서로 번갈아 가며 노질을 해야 한다며 노 젓는 방법을 설명하기 시작했다.

바람이 불면 돛의 힘으로 배가 나아가니까 노질이 필요 없다고 생각하기 쉬운데 꼭 그렇지는 않아. 배가 북쪽으로 가야 하는데 북풍이 불면 어떻게 되겠나. 이럴 때는 노를 저어야 해. 그렇다고 바람에 맞서 노질을 하는 것이 반드시 정답만은 아니야.

가고자 하는 목적지 방향이 북쪽이란 말이야. 그런데 북풍이 불고 조류가 북에서 남으로 흐르면 노질로 뱃길을 뚫기는 거의 불가능해. 만약 이때도 조류가 남에서 북으로 흐른다면 가능한데 이럴 때는 배 방향만 똑바로 잡아주면 조류에 떠밀려 배가 앞으로 나아가게 되지. 배가 절대로 방향을 잃으면 안 되고 노가 안 상하게 조심해야 해. 만약 이런 상황에서 평상시대로 노질을 하면, 노가 부러지고 사람이 다칠 수가 있어. 이때는 파도가 앞에서 때리기 때문에 이물이 올라갔다 내려가기를 반복하고 고물도 마찬가지야.

그래서 이물이 올라갈 때 노를 젓고 이물이 내려갈 때는 절대 노를 저어서는 안 돼. 이물이 내려갈 때는 노에 물을 그냥 털어버리고 노를 옆으로 틀어 노에 물이 걸리지 않게 하란 말이야. 만약 이물이 밑으로 내려갈 때 노질을 하면 놋좆이 지렛목이 되어 노잎에 걸리는 물로 노가 부러져 사람이 다치거나 물에 빠져 죽기도 한단 말이지.

나는 배를 몰아본 경험이 없어 이물이 뭔지 고물이 뭔지 이름조차도 헷갈렸다. 그리고 언제 노질하고 언제는 노를 젓지 않아야 하는지 당최 이해하기 힘들었지만 왠지 용진 형에게는 믿음이 갔다.

용진 형은 나보다 5살 연상으로 다부진 체격에다 덥수룩한 구레나룻이 인상적이었다. 작년에 만년리 어부들이 고기잡이 나갔다가 폭풍우를 만나 모두 목숨을 잃었으나 용진 형은 무사히 배를 몰고 돌아오지 않았던가.

그리고 말이야. 노질보다도 더 중요한 것이 있어. 풍랑이 심하면 사람들이 한쪽으로 몰려 배가 뒤집히는 경우가 있거든. 소를 싣고 가는 배는 안전한데 사람이 탄 배는 불안해. 왜냐면 소는 위험이 닥쳐도 눈만 끔벅거리며 그 자리에 가만히 서 있는데 사람들은 그게 아니란 말이지. 일단 살아남으려면 파도에 배가 요동치더라도 양쪽 난간을 꽉 붙잡고 버텨야 해.

설명을 마친 용진 형이 돛을 올리자고 했다. 우리는 돛대 끝에다 희망도 함께 매달았다. 용진호가 아득한 눈보라 속으로 썰매처럼 미끄러져 갔다.

홍석이는 뱃전에 걸터앉아 자기가 아는 사람을 통해 특별히 부탁해 놓았다면서 우리도 산판일로 한몫 잡을 거라며 거들먹거렸다. 휴전 직후라 동족상잔의 참사가 휩쓸고 지나간 들녘에는 온통 생채기뿐이어서 일자리를 마련해 준 홍석이가 그저 고마울 따름이었다.

육지와 멀어질수록 파도가 거셌다. 배가 자맥질을 반복하자 속이 메슥거렸다. 접도를 지나 사자도 해상에 이르자 파도가 검푸른 산더미로 변해 배를 덮쳤다. 눈보라도 거세게 몰아쳐 눈조차 뜰 수가 없었다. 설상가상으로 날은 점점 어두워졌다. 돛은 방향을 잃고 금방이라도 찢겨나갈 듯이 제멋대로 나부꼈다. 용진 형은 부랴부랴 돛을 내렸다.

온몸에 바닷물을 뒤집어쓴 채 노를 잡고 덜덜 떨고 있는 내가 안쓰러워 보였던지 용진 형이 농담조로 말을 툭 던졌다.

저 사자도란 섬 말이야. 왜 그런 이름이 붙었는지 궁금하지 않아. 멀리서 보면 사자가 앉아있는 모습처럼 보여 그랬다는 말도 있고, 파도가 으르렁거리며 지나가는 배들을 삼켜 선원들이 모두 사잣밥이 돼버려 그랬다는 이야기도 있어. 아무튼 이 섬을 지나가는 뱃길은 풍랑이 심해 뱃사람에겐 악명 높은 곳이야. 칠성판 있잖아. 관 속에 까는 널빤지 말이야. 뱃사람들은 배 바닥을 칠성판으로 여기며 살지. 어차피 사람은 태어나면 죽는 것이 정한 이치인데 죽음을 두려워할 필요가 있겠나. 사람 목숨은 밀물과 썰물처럼 드나들기 마련이거든.

파도가 속을 뒤집어 똥물까지 게워 냈다. 창자가 뒤틀리며 숨이 끊어질 것만 같았다. 나는 기진맥진하여 노질을 멈추고 바닥에 드러누웠다. 갑판에 던져진 물고기처럼 온몸으로 바닥을 치다가 눈을 희멀겋게 뜨고 쭉 뻗어버렸다. 용진 형은 이제 길마도만 지나면 조도에 도착하니까 조금만 참으라고 했다. 홍석이도 노를 놓고는 내 옆에 쓰러졌다.

쿵 소리와 함께 배가 기우뚱하더니 머리 위로 물벼락이 쏟아졌다. 나와 홍석이는 동시에 몸이 솟구쳤다가 가장자리로 휩쓸렸다. 용진 형이 얼른 양쪽 난간을 붙잡으라고 다급하게 소리 질렀다. 별 하나 없는 칠흑 같은 어둠 속에서 용진 형은 노를 잡고 사투를 벌였다. 나는 몸이 으슬으슬하며 의식이 희미해졌다.

"우와! 등댓불이다!

용진 형이 소리쳤다.

멀리서 하조도 등댓불이 반짝거리고 있었다.

우리는 서로 부둥켜안았다. 용진호는 가까스로 하조도에 닿았다.

우리를 맞이한 숙소는 작고 초라했다. 통나무 몇 개를 삼각형 모양으로 세우고 마름으로 빙 둘러놓은 움막이었다. 멍석이 깔린 바닥에는 묵은 때가 얼룩진 모포 서너 장과 화투장이 뒤엉켜 있었다. 취사는 물론 난로도 피울 수가 없었다. 산주 박 영감은 산불을 빌미로 화재 위험이 있는 행위는 철저하게 금지했다. 만약 불을 피우다 걸리면 임금을 한 푼도 안 주겠다고 엄포를 놓았다. 우리는 산지기가 가져다주는 주먹밥과 묵은김치로 끼니를 때웠다.

조도에는 새가 없다

이튿날, 산지기의 안내로 톱과 도끼를 들고 숙소 부근에 있는 돈대산으로 갔다. 산지기는 한참 동안 작업 요령을 알려주고 나서는 다시 입을 열었다.

"인제 겪어보면 알겠지만 주인 영감이 보통이 아니요. 성질이 고약하기로 조도에서도 소문난 사람이지라. 거, 박 씨라 그런지 몰라도 박치기 솜씨가 장난이 아니란께라. 그리고 깡패들하고도 친하니까 알아서들 하시요."

산지기 말에 기분이 영 찝찝했다.

"세상에 공짜가 어딨겠소. 죽어라고 할 테니까 걱정 마쇼."

용진 형이 뱃사람답게 산지기 말을 되받아쳤다.

"아따, 이 사람들 보소. 이거 보통이 아닌 거 같은디."

톱질소리와 함께 우지끈하고 소나무가 넘어졌다. 몸통이 잘린 그루터기에서 송진 냄새가 풍겼다.

"돈대산은 맘에 드는데 조도는 좆도 맘에 안 들어. 하고 많은 이름 중에 하필 조도라고 지었는지 모르겠어."

홍석이가 저녁에 주먹밥을 먹고 나서 소나무 가지에 긁힌 팔뚝을 어루만지며 불평을 늘어놓았다.

"조도 이름이 왜 생겨났는지 알고 보면 맘에 들 거야. 한자로 '조'는 '새 조' 자고 , '도'는 '섬 도' 자거든"

서당 물을 먹은 용진 형이 빙그레 웃으며 말했다.

"아따, 그렇게 복잡하게 만들지 말고 그냥 '새섬'이라 부르면 우리 같은 무식쟁이들도 금방 알아먹었을 텐디 하여튼 맘에 안 들어."

홍석이가 투덜거리며 입맛을 다셨다.

나도 돈대산이라는 말에 괜히 부자가 되는 기분이었다. 사람이 궁지에 몰리면 이름 하나에도 자기에게 유리하게 의미를 갖다 붙이는 법이다. 톱질할 때마다 금은보화가 쏟아져 돈이 쌓이는 상상을 하면 톱을 잡은 손에 저절로 힘이 들어갔다.

칼바람이 윙윙거리며 마름 틈새로 비집고 들어왔다. 담요 한 겹으로 냉기를 막아내기에는 역부족이었다. 우리는 담요 3장을 포개고 그 속에 쏙 들어가 서로 껴안았다. 홍석이 체온이 스며들었다.

지서에서 전봇대 보초 명령이 떨어졌다. 빨치산이 밤에 몰래 내려와 전깃줄을 끊어버린다는 이유였다. 늦가을 휑한 들판에서 불어오는 바람은 한기를 잔뜩 머금고 있었다. 방한복도 입지 않고 전봇대에 기대서서 홀로 밤을 새우는 게 여간 힘든 일이 아니었다. 밭둑에 세워진 콩 다발이 달빛에 드러났다. 콩 다발로 전봇대 주위에 바람막이를 만들고 몸을 기대자 스르르 눈이 감겼다.

"보초 서라니까 잠을 자. 이거 정신 나갔구만."

순찰 중인 경관이 호통을 치며 뺨을 때리는 소리가 들려왔다.

나는 정신을 차리고 벌떡 일어서서 죽창을 움켜쥐었다. 발걸음 소리가 점점 가까이 다가왔다.

"누구냣?"

나는 고함을 치며 경관에게 죽창을 들이댔다.

경관은 내 얼굴에다 플래시를 비추며 샅샅이 훑어보더니 애국심이 뛰어난 사람이라고 칭찬하고는 인접 초소를 향해 발길을 돌렸다.

홍석이는 그날 이후 한쪽 귀가 멀고 말았다. 홍석이가 아니었다면 내가 당할 판이었다.

시간이 지날수록 점점 맥이 풀렸다. 톱날이 소나무 속살로 비집고 들어가자 소나무가 톱날을 꽉 물고는 놓아주지를 않았다. 나는 소나무와 서로 살아남으려고 발버둥을 쳤다. 나는 비지땀을 흘리고, 소나무는 송진을 쏟아냈다. 처절한 대결 끝에 결국 소나무가 쓰러졌다. 나는 숨을 헐떡거리며 온몸이 잘려나간 소나무 밑둥치를 들여다보았다. 생채기로 얼룩진 소나무 원판에 이력서처럼 새겨진 나이테기 눈길을 끌었다. 나이테는 북쪽을 향할수록 간격이 비좁고 굴곡이 심했다. 33줄의 나이테엔 조국을 잃은 한과 광복의 눈물, 그리고 전장의 초연 냄새가 배어있었다. 지난 일들이 파노라마처럼 스쳐지나가며 숨이 가빠왔다. 나는 부상 당한 전우처럼 눈밭에 쓰러진 소나무를 껴안았다.

겨울산은 헐벗고 수척했지만 우리에게 칡뿌리를 내주었다. 떨떠름하면서도 달짝지근한 칡뿌리는 최고의 간식거리였다. 긴긴밤, 우리는 움막 안에서 칡뿌리를 씹으며 추위와 허기를 견뎠다.

아침부터 함박눈이 펑펑 쏟아졌다. 밖에 나가보니 숫눈이 목화솜을 펼쳐놓은 듯 천지를 뒤덮고 있었다. 눈을 잔뜩 뒤집어쓴 움막을 바라보니 눈덩이로 만든 깔때기 같았다. 하염없이 떨어지는 눈송이를 손바닥으로 어루만지자 고향 내음이 풍겨왔다. 아내와 아들 승산이가 눈가에 아른거렸다. 승산(勝山)이라는 이름처럼 나는 산을 이겨내야 한다. 이 고난을 물리치고 당당하게 집에 돌아가 아들에게 부끄럽지 않은 아버지가 되리라!

우리는 아침 끼니를 걱정했다. 칡뿌리로 대충 아침을 때우기로 했다. 주먹밥은 없어도 폭설 때문에 오늘 하루 휴식을 취할 수 있다는 안도감에 모처럼 얼굴에 화색이 돌았다.

점심때가 다되어 산지기가 절뚝거리며 나타났다. 오는 길에 눈구덩이에 빠져 몇 번이나 죽을 고비를 넘겼다며 김칫국물로 뒤범벅이 된 주먹밥 보자기를 내밀었다. 우리는 서로 경쟁하듯 허겁지겁 주먹밥을 먹어치웠다.

식사가 끝나자마자 산지기가 일을 나가라고 했다. 박 영감은 자기가 부린 일꾼이 한시라도 노는 꼴을 못 본다는 거였다.

숫눈길을 밟으며 산으로 향했다. 장화가 눈 속에 빠져 발을 내딛기가 힘들었다.

"아따 우리 오늘 산토끼나 잡아서 몸보신합시다."

앞서가던 홍석이가 토끼 발자국을 발견하고 말을 꺼냈다.

"어허, 친구! 산토끼 잡으면 뭐 하나. 불도 못 피우는데."

"오늘 같은 날은 괜찮겠지. 이렇게 눈이 많이 오는데 설마 불이 나겠어."

홍석이는 금방이라도 산토끼를 때려잡을 듯한 기세로 토끼 발자국을 뒤쫓았다.

짙푸른 바다를 등지고 동백이 꽃망울을 터뜨리고 있었다. 눈을 뒤집어쓴 선홍색 꽃잎은 색다른 분위기를 자아냈다.

홍석이가 눈 위로 톱질을 하자 용진 형이 손으로 눈을 파헤치고는 소나무 맨 밑동에다 톱날을 갖다 댔다. 밑동부리를 남겨놓고 자르면 나중에 심술궂은 박 영감에게 무슨 해코지를 당할지 모른다는 거였다. 눈을 걷어내고 작업을 하려니까 몇 배는 더 힘들었다. 설상가상으로 눈발이 목화송이처럼 굵어졌다.

"형, 나 좀 봐!"

홍석이가 무릎 높이로 베어낸 소나무 그루터기에 한 발을 딛고 올라서서 양팔을 펼쳐 학이 비상하는 자세를 취했다.

"어서 내려오지 못해."

용진 형이 홍석이를 노려보며 호통을 치자 홍석이가 뛰어내렸다.

"산판 일꾼이 나무를 벤 그루터기를 함부로 밟으면 천벌을 받는 법이야."

용진 형이 애써 목소리를 가다듬으며 말했다.

"아따, 형! 세상에 그런 법이 어디 있당가."

홍석이가 따지듯 말을 내뱉었다.

"잘려나간 나무에서 올라오는 노기가 사람에게 해를 끼친다고 산판에서는 불문율로 내려오고 있어."

"형은 도대체 뱃사람이오, 산사람이오?"

"잔말 말고 어서 그 남겨놓은 그루터기를 다시 자르게."

용진 형이 언성을 높였다.

그루터기를 다 자르고 난 홍석이가 코피를 쏟으며 벌러덩 눈 위에 드러누웠다.

"형, 우리 그냥 가버릴까?"

눈이 묻은 손등으로 코피를 문지르며 홍석이가 말했다.

"그러면 시방까지 일한 돈은 어떻게 하고?"

용진 형 대신 내가 나섰다.

"그래도 죽는 것보단 낫지 않겠어?"

홍석이가 되받아쳤다.

"이제 한 달 정도면 일이 다 마무리되니 조금만 더 참아보세. 자네 같은 사람이 있으니까 박 영감이 돈을 끝날 때 주려고 하는 거야."

용진 형이 입을 열었다.

"형, 저 바위 이름 알아?"

홍석이가 시큰둥한 표정으로 우뚝 솟은 건너편 바위를 가리켰다.

"저거 손가락 바위 아닌가."

"형, 나는 생김새가 꼭 좆대바위 같이 보인단께."

홍석이가 누런 이를 드러내며 실실 웃었다.

용진 형이 내가 벤 소나무를 피하려다 넘어져 발목을 삐었다. 밤이 되자 발목이 벌겋게 부어올랐다. 발목을 만져보니 열기가 느껴졌다. 나는 밖에서 뭉쳐온 눈덩이로 냉찜질을 해주며 지난 일을 떠올렸다.

해방 후에 우리 동네는 좌익과 우익으로 갈라져 서로 세력 다툼을 하느라 혼란스러웠다. 하루는 좌익에 가담한 용진 형이 불쑥 나타나 오늘 밤에 좌익단체에서 우리 집에다 불을 지르기로 했다며 빨리 피하라고 귀띔했다. 나는 어둠을 틈타 족보만을 챙겨 아내와 젖먹이 아들을 데리고 마을을 빠져나와 보리밭으로 몸을 숨겼다. 자정이 가까워질 무렵 우리 집에서 시뻘건 불길이 치솟았다.

"내가 만주로 돈벌이 갔을 때, 자네가 돈 한 푼 받지 않고 우리 집 농사일을 도와줬다고 집사람이 말하더군."

우리 가족의 보금자리가 점점 타들어 가는 모습을 속절없이 바라보며 나는 용진 형의 말을 되뇌었다.

설날이 다가왔다. 용진 형이 설을 쇠러 집에 다녀오자고 했다. 나는 고개를 가로저었다. 열흘만 지나면 산판일이 끝나니 그때 임금을 받아 어깨를 펴고 떳떳하게 돌아가리라. 홍석이도 나와 함께 남기로 했다. 나는 아내에게 편지를 썼다.

사랑하는 당신에게!

여보, 우리 승산이와 몸 건강히 잘 있소?

나는 당신이 염려해 준 덕분에 아무 탈 없이 잘 지내고 있소.

집을 나선 지 엊그제 같은데 벌써 내일이 설날이오.

설날 선물로 은 브로치를 사서 집에 가려고 했는데 아직 돈을 받지 못했소.

산판일이 10일만 있으면 끝나니 그때 임금을 받아 돌아가겠소.

몸은 조도에 있지만 한시도 당신을 잊어본 적이 없소.

우리 집이 불타던 날, 나는 당신에게서 뜨거운 모성애와 사랑을 느꼈소. 아이가 울면 들킬까 봐 당신은 보리밭에 쭈그리고 앉아 밤새도록 승산이에게 젖을 물렸소.

나는 당신 품에서 세상모르고 잠든 승산이 얼굴에서 평화를 보았소. 이념이고 전쟁이고 모두 어른들이 만들어 낸 것이 아니겠소.

나는 낙동강 전선에서 목숨 걸고 조국을 구했고, 당신은 승산이를 지켜냈소. 이제 전쟁도 끝났으니 우리 아들 이름처럼 우린 분명 승산이 있을 거요.

내가 불길 속에 타들어 가는 우리의 보금자리를 바라보

며 가슴을 쥐어뜯자 당신이 나를 다독이던 말이 아직도 귓가에 쟁쟁하오.

집은 다시 지으면 되지만 사람 목숨은 살려낼 수가 없다고 말이오.

식량이 바닥나지 않았는지 모르겠소. 조금만 참고 기다려요. 금방 달려가리라.

우리 승산이를 위해 잘 이겨냅시다.

여보, 사랑하오!

조도에서 승산 아버지가

편지를 학 모양으로 접어 용진 형에게 건넸다. 용진 형은 비닐에다 편지를 이중 삼중으로 감싸더니 주머니에 넣었다.

선착장으로 가서 용진 형을 배웅했다. 용진 형은 설 쇠고 술과 음식을 챙겨 금방 돌아오겠다며 나와 홍석이를 껴안고 등을 토닥거렸다.

"형, 난 가방끈이 짧아 편지 못 썼은께 우리 마누라한테 잘 있다고 대신 안부 전해주쇼."

배에 오르는 용진 형을 향해 홍석이가 소리쳤다.

수평선 너머로 돛대가 사라질 때까지 우리는 손을 흔들

며 부두에 서 있었다.

용진 형이 떠난 움막은 텅 빈 것 같았다. 말수는 적지만 용진 형은 우리의 든든한 울타리였다.

설날 아침, 떡국 대신 주먹밥을 먹었다. 산지기는 오늘 하루 자기가 박 영감에게 휴가를 얻었으니 푹 쉬라며 잔뜩 폼을 잡았다. 용진 형이 무사히 편지를 전했을까. 아내가 굴을 넣어 끓여준 미역국 맛이 되살아나 도리깨침을 삼켰다.

새해 운세가 궁금하여 화투점을 쳤다. 모포에다 화투장을 한 장 한 장 나열해 가며 패를 맞췄다. 오동과 흑싸리 괘가 나왔다. 오동은 돈과 재물, 흑싸리는 구설수를 의미한다. 흑싸리 괘가 좀 신경이 거슬렸으나 여자도 없이 움막에서 사내 셋이 사는 주제에 구설수는 생뚱맞다는 생각이 들었다.

점괘를 보고 나서 희끄무레한 바위 능선을 따라 돈대산 꼭대기에 올라 좌우를 둘러보았다. 크고 작은 섬들이 바다 위에 새 떼처럼 떠 있었다. 나도 새가 되어 당장 보금자리로 날아들고 싶었다.

산자락에 서 있는 손가락 바위를 바라보며 집에 갈 날을 손꼽아 보았다. 움막에 돌아와 가방에서 아내가 챙겨준 점퍼를 꺼내 입어보니 마음이 들떴다. 점퍼 안주머니에서 구김진 지폐 한 장을 발견했다.

내가 떠나기 전날, 아내는 참깨와 보리쌀을 장에 내다 팔았다. 당신 생일이 낼모레인데 미역국도 못 먹여 보내면 마음이 편치 않다는 거였다. 나는 돈을 바라보며 한참 동안 멍하니 서 있었다. 지폐에 새겨진 숭례문 도안 위로 아내의 얼굴이 나타났다 사라졌다.

오후에는 홍석이와 칡뿌리를 캤다. 꽁꽁 얼어붙은 땅은 곡괭이를 쉽게 받아들이지 않았다. 두 사람이 번갈아 가며 땀을 뻘뻘 흘리고 나서야 겨우 칡뿌리 몇 개를 얻어 움막으로 내려왔다.

"아따, 뜨끈뜨끈한 칡차 한 잔 끓여 먹으면 감기가 뚝 떨어지겠는디."

홍석이가 콜록거리며 말했다.

"그러다 박 영감한테 들키면 어쩌려구. 낼모레면 용진 형이 맛있는 음식 잔뜩 가져올 거니까 조금만 더 참아."

나는 입맛을 다시며 홍석이를 달랬다.

밤중에 소변이 마려워 밖으로 나왔다. 조명탄을 터트린 것처럼 돈대산에서 불빛이 번쩍거렸다. 나는 깜짝 놀라 홍석이를 깨웠다. 타닥거리는 소리를 내며 연기에 휩싸인 시뻘건 불씨들이 하늘로 치솟아 올랐다.

불이야 소리를 지르며 나는 미친 듯이 산지기에게 달려갔다. 동네 사람들이 양동이를 들고 몰려와 근처에 있는 연못에서 물을 길어 산불을 향해 끼얹었다. 박 영감은 발을 동동 구르며 빨리 불을 끄라고 버럭버럭 소리를 질러댔다. 나는 어둠 속을 정신없이 휘젓고 다니며 산불과 맞섰다. 홍석이도 양손에 물이 담긴 양동이를 들고 불나방처럼 불길 속으로 뛰어들었다. 거센 바닷바람에 불은 널뛰듯 하늘로 솟구치며 긴 혀를 날름거렸다. 돈대산을 거의 다 태우고 나서야 산불이 잡혔다. 그동안 벌목한 나뭇더미까지 모두 재가 돼버렸다.

나는 온몸이 만신창이가 되어 움막에 드러누웠다. 삭신이 쑤시고 욱신거렸다. 홍석이도 절뚝거리며 내 옆에 쓰러졌다. 그슬린 머리에다 그을음이 덕지덕지 낀 홍석이 얼굴을 나는 거울처럼 들여다보았다.

> 이 풍진 세상을 만났으니 너의 희망이 무엇이냐
> 부귀와 영화를 누렸으면 희망이 족할까
> 푸른 하늘 밝은 달 아래 곰곰이 생각하니
> 세상만사가 춘몽 중에 또다시 꿈 같도다

치밀어 오르는 울분을 희망가로 삭여 내자 홍석이도 검댕이 묻은 입술을 들썩거렸다.

오후에 산지기가 찾아와 군고구마 봉지를 내밀었다.
"배고픈 설움은 배가 고파본 사람만이 안당께. 주인 영감이 화가 나서 아무것도 갖다주지 말라고 했는디…."
나는 산지기 손을 두 손으로 붙잡고 눈시울을 붉혔다.
"아니, 그런디 거 뭐시냐, 주인 영감은 당신들이 불을 냈다고 아까 깡패들 부르러 목포에 갔당게. 깡패한테 시켜서 쥐도 새도 모르게 해치워 버린다면서. 그리고 동네 선주들한테는 당신들 한 사람도 배를 태워주지 말라고 귀를 짰당게라. 워낙 독종이라 사람 죽이고도 눈 하나 깜짝 안 한다니께."

나는 고구마와 칡뿌리 몇 개를 챙겨 들고 홍석이와 함께 부랴부랴 움막을 빠져나왔다. 깡패들이 도착하기 전에 이 섬을 탈출해야 한다. 조도에서 주인 영감 땅을 밟지 않고서는 한 발짝도 못 떼기 때문에, 이곳 사람들은 모두 박 영감과 한통속이라는 산지기 말이 떠올라 머리가 뒤숭숭해졌다.
우리는 해안에 있는 동굴을 은신처로 삼고 용진호를 기

다려보기로 했다. 몸은 동굴에 틀어박혔지만 눈은 수평선 너머까지 용진호를 마중 나갔다.

밤이 되자 뼛속까지 한기가 스며들었다. 움막에 있는 모포가 생각났다. 나는 홍석이와 서로 등을 기대고 앉아 고구마를 까먹었다.

"쎄 빠지게 일하고 돈 한 푼도 못 받게 생겼구만 이거."

홍석이가 동굴이 꺼지도록 한숨을 내쉬었다. 동굴 틈으로 별빛이 스며들었다. 아스라이 내비치는 북두칠성이 얼음처럼 차가웠다. 아내가 우물에서 북두칠성으로 물을 길어 올리는 꿈을 꾸고 승산이를 가져 태명을 칠성이라고 지었다.

승산이는 별을 좋아했다. 밤이 오고 별들이 하나둘씩 얼굴을 드러내면 승산이는 내 손을 잡아끌었다. 승산이는 초롱초롱한 눈망울로 별들을 바라보며 이름을 물어왔다. 하늘에서 반짝거리는 수많은 별이 승산이를 위해 존재하는 것 같았다.

"승산아, 저기 국자같이 생긴 별 있잖아. 북두칠성이라고 부르는데 저 별에는 전해오는 이야기가 있어."

"별에도 이야기가 있어요? 아빠!"

"그럼. 별이나 별자리들은 대부분 이야기가 있지."

"아빠, 그 이야기 좀 들려주세요."

"옛날에 아들 일곱 명을 둔 홀어머니가 살고 있었대. 그런데 어머니가 밤만 되면 몰래 마실을 가는 거야. 어느 날 아들들은 어머니 뒤를 밟기로 했대. 어머니는 집을 빠져나와 동네 앞에 있는 개울을 건너더니, 이웃 마을에 사는 홀아비 집으로 가는 거야. 아들들은 어머니가 얼마나 외로웠으면 그럴까 하고 미리 개울에 나가 엎드려 징검다리가 되어주었대. 효심에 감동한 옥황상제가 아들들을 하늘로 올려 북두칠성이 되었다는 거야."

"우와, 아빠 재밌어요."

승산이는 꼼짝도 하지 않고 내 이야기에 귀를 기울였다.

"별자리들은 계절에 따라 그 위치가 변해. 그런데 항상 변하지 않고 뱃사람들에게 등대 역할을 해주는 별이 있어. 바로 북극성이라는 별인데 저 북두칠성에서 국자 모양이 시작한 지점의 두 개의 별 사이 길이만큼 다섯 배를 이어서 만나는 별이 바로 북극성이야. 어디 한번 찾아봐."

승산이는 말뜻을 잘 이해하지 못하고 국자 손잡이 쪽으로만 자꾸 눈길을 주었다. 나는 종이에다 연필로 그려가며 북극성의 위치를 알려주자 그때서야 승산이가 북극성을 찾아내고는 나와 손바닥을 마주쳤다.

승산이는 지금 별을 바라보며 아빠를 기다리고 있을까. 나는 북두칠성을 향해 두 손을 모았다. 어느 틈에 홍석이

코 고는 소리가 동굴을 뒤흔들었다.

파도 소리와 함께 동굴 밖이 희붐하게 밝아왔다, 오늘은 무슨 수를 써서라도 이 섬을 빠져나가야 한다. 칡뿌리를 질겅질겅 씹었다. 배 한 척이 해안으로 다가오고 있었다. 나는 숨죽이며 배를 바라보았다. 배가 가까워질수록 용진호와는 거리가 멀었다. 힘이 쭉 빠지고 온몸이 부들부들 떨렸다.

배가 정박하자 인부들이 해안에 쌓아놓은 볏단을 갑판 위로 싣느라 부산했다. 얼마쯤 지났을까. 새참을 먹으러 갔는지 인부들이 보이지 않았다. 나는 홍석이와 후다닥 배에 뛰어들어 볏단 더미 속으로 몸을 뉘었다.

인부들이 돌아와 다시 볏단을 날랐다. 몸 위로 볏단이 포개질수록 숨쉬기가 버거웠다. 볏단 틈바구니에서 나는 선착장을 주시했다.

선박 한 척이 도착했다. 비단옷 차림의 박 영감이 뒷짐을 진 채 배에서 내리더니 곧이어 쇠 파이프를 손에 든 청년들이 뒤따랐다.

이윽고 배가 움직이기 시작했다. 홍석이와 팔을 뻗어 가슴을 짓누르고 있는 볏단을 힘껏 밀어 올렸다. 숨을 한번 깊게 내쉰 후에 우리는 손을 꼭 잡았다. 갑자기 부스럭거리는 소리가 들려 머리털이 곤두섰다. 벼 이삭을 입에 문 생쥐

한 마리가 나와 눈이 마주치자 슬금슬금 도망쳤다.

"분명히 용진 형이 새 조자라고 했는디 조도에 새가 왜 한 마리도 보이지 않았스까."
홍석이가 볏단 속에서 꿈을 꾸듯 중얼거렸다.

한계령을 위한 연가

휘히휙, 휘히휙.

휘파람 소리에 새 떼들이 몰려오고 있었다. 대나무 가지에 앉아 고개를 갸웃거리던 참새 한 마리가 손가락 끝에 앉자마자 포르릉 하고 날아가 버렸다. 빈손이라는 걸 눈치라도 챈 걸까. 먹이도 준비하지 않고 아침부터 새를 불러들인다는 게 염치없지만 폭설로 사흘째 외딴집에 갇혀버린 내겐 그런 체면 따위는 사치나 다름없었다.

혀끝을 최대한 둥글게 말아 휘파람 소리를 대숲으로 흘려보냈다. 또 한 마리가 나타나 손가락 끝에 앉으려고 날개를 퍼덕거리더니 그냥 날아가 버렸다. 야생에 길들어진

새들은 먹이를 쉽게 판별할 수 있는 눈을 지녔을 수도 있겠다. 그렇다면 눈먼 새라도 잡아야 한다.

최대한 자세를 낮추고 대숲을 향해 손바닥을 쭉 내밀었지만 폼이 영 마음에 들지 않았다. 폼은 그렇다고 치자. 휘파람 소리가 더 문제였다. 등에 바짝 달라붙은 뱃가죽은 휘파람 대신 꼬르륵 소리를 냈다.

주말을 맞아 M과 함께 청호에 갔다가 외딴집에 들렀을 때는 오후 4시가 조금 지나서였다.

오랫동안 인적이 끊긴 외딴집 마당은 망초와 쑥대가 무성했다. 손수건을 꺼내 대충 먼지를 털어내고 툇마루에 걸터앉자 청호의 정경이 한눈에 펼쳐졌다. 병풍처럼 둘러쳐진 산세에 호수까지 끼고 있어 풍수지리로 말하자면 외딴집은 명당자리다.

평지를 마다하고 굳이 산속에다 터를 잡은 것도 반풍수인 아버지 때문이었다. 이곳이 산의 정기가 흐르는 용맥(龍脈)의 혈(穴) 자리로 자손 대대로 번성할 길지라며 아버지는 어머니의 반대를 무릅쓰고 손수 집을 지었다.

그때는 호수가 아니라 강이었다. 가뭄에 대비하여 농경지 용수 목적으로 정부에서 댐을 막아 호수가 생겨났는데 푸른 물빛 때문에 청호(靑湖)라고 불렀다. 댐 공사로 지대가 높은 우리 집만 남고 인접 마을은 수몰지구로 편입되어 주민들은 거처를 옮겼다. 홀로 외딴집을 지키던 어머니마저도 5년 전에 세상을 떠났다.

"어머, 눈이 와요. 선생님!"

방안 이곳저곳 어머니의 손때 묻은 물건들을 둘러보는데 M의 들뜬 목소리가 들려왔다. 목화처럼 탐스러운 눈송이가 나풀거리며 지상으로 내려오고 있었다. 새하얀 눈송이를 배경으로 펼쳐진 에메랄드빛 청호의 모습은 묘한 환상을 자아냈다. M은 연거푸 탄성을 내지르며 기다렸다는 듯이 이젤과 캔버스를 꺼냈다.

M은 내가 국어교사로 근무하고 있는 서울 H중학교 미술 담당 교사였다. 국전에서 두 번이나 상을 받을 정도로 그림 솜씨가 뛰어난 M은, 오 헨리의 소설 「마지막 잎새」에 등장하는 베어먼 노인처럼 목숨을 바쳐서라도 인간의 생명을 구원하는 화가가 되는 게 꿈이라고 했다.

결혼보다 예술을 우선순위에 둔다는 그녀는 극한 상황에서 걸작을 남겨보겠다며 화구를 꾸려 메고 남극까지 다녀온 뼛속까지 그림쟁이였다.

지난번에 M이 시화전을 열자고 제안했다. 백석 시인 다음으로 내 시가 맘에 든다는 거였다. 시풍이 자기 취향에

맞는다는 둥 한참 운을 떼더니 내 시집 『샤갈의 마을』에 묘사된 청호에 함께 가자고 청했다.

나는 중학교 때까지 이 외딴집에서 살았다. 대설주의보가 발령되면 산골 마을은 교통두절로 휴교에 들어갔다. '눈골'이라는 마을 이름답게 한겨울엔 눈만 뜨면 눈이 내렸다.

M이 그림을 채 완성하기도 전에 외딴집에 땅거미가 깔리기 시작했다. 눈길 한번 주지 않고 붓질을 하던 M이 캔버스에 어둠이 스며들자 나를 향해 고개를 돌렸다. 부랴부랴 화구를 챙겨 들고 앞마당에 세워둔 승용차에 올라탔다. 전조등을 켜자 굵은 눈발들이 불나방처럼 날개를 퍼덕거리며 거침없이 달려들었다. 불나방 떼를 내쫓기에는 와이퍼도 역부족이었다. 어느새 비탈길은 눈에 뒤덮여 수로와 도로를 분간하기조차 쉽지 않았다.

산골의 밤은 점령군처럼 느닷없이 들이닥쳤고 눈발은 더욱 거세졌다. 어둠을 빨아들인 폭설로 시야가 흐려 더는 진행하기가 어려웠다. 비탈길을 채 빠져나가지도 못하고 나는 M에게 외딴집에서 오늘 하룻밤을 묵고 날이 밝으면 떠나자고 말했다.

차를 두고 외딴집으로 향했다. 눈 더미에 발목이 푹푹 빠졌다. M이 넘어지지 않으려고 내 손을 꼭 붙잡았다. 툇마루에 앉아 잠시 숨을 고르고 아내에게 전화를 걸었다. 휴대폰 액정 화면에 '통화지역이탈' 메시지가 떴다. 폭설이 전파마저 삼켜버린 걸까. 문자메시지도 전송되지 않았다.

휴대폰 불빛을 비추며 이부자리를 찾아보았다. 어머니 장례식 때 이부자리와 옷가지들을 몽땅 태워버린 기억이 어렴풋이 떠올랐다. 안방 윗목에 놓인 낡은 유선 전화기가 눈에 들어왔다. 재빠르게 수화기를 들고 아내의 전화번호를 눌렀으나 불통이었다. 어머니가 돌아가시고 한 차례도 전화요금을 납부하지 않았으니 신호가 갈 리 없었다.

나는 M과 아랫목에 나란히 앉아 벽에 등을 기댔다. 방고래에 불길이 들어오지 않은 아랫목은 아무런 의미가 없었지만 아랫목으로 저절로 몸이 쏠렸다.

어릴 때 눈길에서 뛰놀다가 손발이 꽁꽁 얼어 방에 들어오면 아랫목부터 찾았다. 솜이불이 깔린 아랫목으로 손을 넣으면 금방 온몸이 따뜻해졌다. 지금 앉아있는 곳이 바로 그 아랫목이라는 생각이 들자 엉덩이에 온기가 느껴지는 것 같았다.

"내일까지 눈이 오면 어떡하죠?"

M이 휴대폰을 만지작거리며 볼멘소리를 했다.

배고픔과 추위보다 더 두려운 것은 공포심이다. 전장에

서도 공포에 사로잡히면 끝장이다. 나는 그동안 경험으로 보아 더는 눈이 오지 않을 테니 걱정하지 말라고 단호하게 말했다. 최고의 예술작품은 고통 속에서 탄생하니까, 오늘 밤을 잘 견뎌내고 내일 캔버스에 청호 설경을 완성하면 M이 꿈꾸는 바로 그 걸작의 주인공이 될 거라고 추켜세웠다. M은 잠자코 내 말에 귀를 기울이더니 선생님 왜 이러시냐며 내 어깨를 툭 쳤다.

이따금 대숲이 서걱거리는 소리가 들려왔다. 눈이 소리를 빨아들여 눈 오는 밤은 더욱 고요하다는 내용을 어느 책에서 읽은 적이 있다. 눈은 모든 것을 껴안고 묻어버린다. 과학자들은 시추공으로 빙하를 뚫어 켜켜이 묵은 세월의 흔적을 끄집어내어 선사시대까지 거슬러 올라가 대기에 존재했던 물질들을 탐색해 낸다. 내가 M과 나눈 대화도 눈 속에 묻혀 빙하 상태로 존재한다면 수백 년 후에도 과학자들에 의해 생생하게 재생될 것이다.

드라이브를 하려고 가벼운 옷차림으로 나왔기에 체온 유지가 문제였다. 굳이 과학적으로 따진다면 글래머인 M은 깡마른 나보다는 추위에 강할 수도 있겠다. 두툼한 지방질이 추위를 방어하는 역할을 할 테니까 말이다. 창문 틈으로 세찬 고추바람이 스며들어 몸이 움츠려졌다.

어느 날, 남극에 다녀온 M이 선물이라며 그림 한 점을 내밀었다. 등과 날개, 꼬리 쪽이 모두 검고 가슴과 배 부위는 흰 털로 뒤덮인 펭귄 한 마리가 눈밭에 가슴을 쫙 펴고 서 있었다. 덩치가 큰 펭귄은 턱시도를 입은 신랑 같기도 하고, 멀리 바다를 응시하며 부동자세로 우뚝 선 모습은 이스터섬의 모아이 석상을 떠올리게 했다. 특히 펭귄 발등에 위태롭게 놓여있는 탁구공 모양의 알 하나가 시선을 끌었다.

M은 자기가 남극에서 그린 황제펭귄인데, 암컷은 알을 낳은 후 먹이를 구하러 바다로 가고, 수컷이 발등에 알을 품어 부화시킨다고 설명을 늘어놓았다. 수컷은 부화 기간인 60여 일 동안 눈만 먹고 언제 돌아올지 모르는 암컷을 기다리며, 호시탐탐 기회를 노리는 도둑갈매기로부터 알을 지켜낸다고도 했다. 그리고 허들링에 대해서도 말을 꺼냈다.

눈 폭풍이 휘몰아치면 황제펭귄들은 겹겹이 원형으로 무리 지어 온기를 나누고, 바깥쪽과 안쪽에 있는 펭귄들이 서로 자리를 바꿔가며 함께 추위를 이겨내는데 이를 허들링이라고 한다며 M이 목에 힘을 주었다.

나는 M에게 허들링을 하자고 했다. 내가 먼저 창문 쪽으로 등을 돌리고 황제펭귄처럼 몸을 잔뜩 부풀렸다. 오싹

한기가 느껴졌다.

  내일까지 눈이 그치지 않으면 어떡하나. 아내와 아이들은 나를 기다리며 휴대폰을 붙들고 얼마나 애가 탈까. 학교에 무단으로 결근하는 사태까지 발생할 수도 있다. 전파가 먹통이니 위치추적도 안 되겠지. 나는 그렇다고 치자. M은 또 뭐람. 이런저런 생각이 꼬리를 물었다. 문풍지 바람 사이로 쌔근거리는 숨소리가 들려왔다. 나는 점퍼를 벗어 M의 상체를 덮어주었다.

  으스스 한기가 들어 눈을 떴다. 동이 트고 있었다. 문을 활짝 열고 툇마루로 나갔다. 밤새 내린 눈은 세상을 온통 새하얀 동화의 나라로 만들어버렸다.

> 한겨울 못 잊을 사람하고
> 한계령쯤을 넘다가
> 뜻밖의 폭설을 만나고 싶다.
> 뉴스는 다투어 수십 년만의 풍요를 알리고
> 자동차들은 뒤뚱거리며
> 제 구멍들을 찾아가느라 법석이지만
> 한계령의 한계에 못 이긴 척 기꺼이 묶였으면.

오오, 눈부신 고립

사방이 온통 흰 것뿐인 동화의 나라에

발이 아니라 운명이 묶였으면.

나도 모르게 문정희 시인의 「한계령을 위한 연가」가 튀어나왔다.

설평선(雪平線)!

하늘과 눈이 맞닿아 있는 광경을 설평선 말고는 달리 표현할 언어가 없었다. 아득한 설평선 위로 태양이 서서히 모습을 드러내자 설평선이 황금빛으로 반짝거리고 있었다. 휘휙 소리를 내며 불어오는 바람에 드넓은 설원 위로 황금가루가 물결처럼 밀려왔다. 언제 일어났는지 M은 다시 캔버스에 붓질하기 시작했다.

나는 아침거리를 준비하려고 안방에 있는 뒤주를 열었다. 뒤주는 텅 비어 있었다. 광으로 들어갔다. 먼지가 자욱한 독 뚜껑을 열고 독을 옆으로 기울여 보았다. 곡식이 보이지 않았다. 옆에 있던 다른 독도 뒤져보았으나 마찬가지였다. 부엌 한쪽 구석에서 막소금이 들어있는 옹기를 발견했다.

툇마루 밑에서 장작을 빼들고 부엌으로 들어갔다. 불을 지펴 우선 방이라도 따뜻하게 하자. 배는 고프더라도 추위만 덜하면 한결 나아질 것만 같았다. 살강이나 부뚜막을 확인해 보았으나 성냥이 없었다.

장작더미를 뒤져 관솔을 찾아냈다. 관솔 한 개비를 발로 밟고 또 다른 관솔 한 개를 맞대고 문질렀다. 속도를 높이자 송진 냄새가 풍기며 연기가 일었다. 이번엔 또 불쏘시개가 필요했다. 부엌엔 솔가리나 검불도 없었다. 광에서 식량을 찾다가 발견한 목화송이가 떠올랐다. 관솔 밑에 목화솜을 깔고 관솔을 마찰시켰다. 불씨가 목화솜으로 떨어지며 불길이 일어났다. 불붙은 솜덩이를 아궁이에 밀어 넣고 관솔을 얹자 송진이 흘러나와 피이 소리를 내며 불이 붙었다. 향긋한 송진 향기에 관솔불을 들고 다니며 불장난하던 지난날들이 불꽃처럼 피어올랐다.

아궁이에 장작불이 타오르며 가마솥이 뜨거워졌다. 솥에 물을 부어야 했다. 눈덩이를 가마솥에 넣었다. 나는 M과 서로 경쟁하듯 눈덩이를 뭉쳐 들고 부엌을 들락거렸다. 그동안 굶주렸던 아궁이는 입을 떡 벌리고 미친 듯이 불길을 집어삼켰다.

나는 M과 아궁이 앞에 앉아 눈에 젖은 손을 말렸다. 열기가 온몸으로 퍼졌다. 아랫목이 뜨거워지자 방안에 훈기가 돌기 시작했다. M이 어디서 찾아냈는지 걸레를 가져와

방을 닦았다. 가마솥에는 물이 펄펄 끓고 온돌방은 따끈따끈하니 마치 잔칫집 같은 분위기가 들었다. 저 가마솥에 닭이라도 한 마리 푹 삶았으면.

섬돌에 신발을 나란히 벗어놓고 M과 안방에 마주 앉았다. 곳간은 비었으나 부자가 된 기분이었다.

"눈이 또 오면 어떡하지."

M이 밖을 내다보며 혼잣말처럼 중얼거렸다.

나는 청호를 품고 있는 국사봉을 가리키며, 저 산봉우리 위에 하늘이 잿빛이면 눈이 오는데 푸른색을 띠고 있어 앞으로 며칠간은 눈이 오지 않을 거라며 안심시켰다. 아버지가 이런 방법으로 강설량까지 예측했는데 한 번도 빗나간 적이 없었다는 말까지 덧붙였다.

오후가 되자 다시 눈발이 쏟아졌다. 아궁이에 불을 지피던 M이 잔뜩 겁에 질린 모습으로 눈을 바라보았다. 나는 허벅지까지 쌓인 숫눈을 헤치고 산 아래로 조금씩 발길을 옮겼다. 펭귄처럼 뒤뚱거리며 한발 한발 안간힘을 다해 50여 미터를 내려갔다. 휴대폰을 치켜들고 이쪽저쪽으로 방향을 틀어가며 119와 교신을 시도했으나 통화이탈지역을 벗어나기에는 역부족이었다. 승용차는 이미 눈 속에 파묻혀 흔적조차 사라져버렸다. 눈이 가슴팍까지 차올라 더는 나아가기가 어려웠다. 뒤돌아서서 외딴집을 바라보니 집이 아니라 눈에 뒤덮인 무덤처럼 보였다. 몇 번을 넘어진 끝에 가까스로 외딴집에 다다랐다. 내가 몸을 덜덜거리며 안방으로 들어가자 M이 신발과 양말을 부엌으로 가져갔다.

나는 헬기가 잘 보이도록 마당 한쪽에 눈을 치우고 장작을 가져와 불을 피웠다. 이제 헬기가 나타나면 옷을 흔들어 구조 신호만 보내면 된다. 만약 구조가 불가능하면 헬기에서 빵이나 우유, 라면 등 구호품을 뿌려주겠지. 눈에 젖은 대나무 줄기를 꺾어다가 장작더미에 얹자 희뿌연 연기가 피워올랐다.

헬기 한 대도 지나가지 않고 이틀째 밤이 찾아왔다. 내가 짐을 내려놓듯 방바닥에 몸을 부리자 M도 바닥에 등을 대고 누웠다. 콧물이 나고 지끈지끈 머리가 아팠다. 연거푸 재채기가 나왔다. M이 내 이마에 손을 얹더니 열이 심하다며 자기가 너무 그림 욕심이 많아서 그런 거라고 말끝을 흐렸다. 나는 곧장 서울로 가지 않고 외딴집에 들른 내 잘못이 크다고 M을 달랬다. 뜨끈뜨끈한 아랫목에서 몸을 푹 지지고 나면 괜찮을 거라고 하자 M은 내일은 분명 구조 헬기가 올 거라며 나를 안심시켰다.

잠결에 부스럭거리는 소리가 들렸다. 통신마저 두절된

상황에서 살아남기 위해서는 사냥감을 확보해야 한다. 원시시대 사내들의 직업은 사냥꾼이었다. 사내의 용기와 힘으로 짐승을 사냥하여 가족들 앞에 내놓아야 했다.

부엌으로 통하는 창호지 문에 뚫린 쥐구멍을 발견하고 단단히 벼르고 있었는데 이 녀석 잘 걸렸다. 가만히 귀를 기울이니 뒤주 쪽에서 소리가 들려왔다. 나는 재빨리 점퍼 한쪽 소매를 묶어 자루처럼 만들었다. M에게 내가 신호를 보내면 뒤주를 발로 차라고 일러주고는 얼른 부엌으로 나갔다.

안방 한쪽에 고구마 두대통이 있었다. 아버지는 수숫대를 이엉처럼 엮어 둥그렇게 펼쳐 세우고 그 안에다 고구마를 저장했는데 그걸 두대통이라고 불렀다. 고구마는 겨우내 식구들이 끼니를 연명할 비상식량이었다. 고구마 두대통은 거만하게 배를 뚝 내밀고 따뜻한 아랫목까지 자리를 넘보고 있었다.

고구마는 우리 식구들만의 양식이 아니었다. 밤이 되면 쥐들이 몰려와 야금야금 고구마를 먹어치웠다. 식량을 축내는 것도 문제지만 배불리 먹고 나서는 똥오줌까지 갈겨버려 냄새가 고약하고 오물을 뒤집어쓴 고구마는 죄다 썩어버렸다.

쥐가 침입한 낌새가 있으면 아버지는 미리 준비한 마대자루를 들고 재빨리 부엌으로 나갔다. 식구들은 약속이나 한 것처럼 막대기로 두대통을 두들기면 쥐가 부엌 창구멍을 통하여 도망가다가 아버지가 받치고 있는 마대자루로 다이빙하고 만다.

아버지는 잡은 쥐를 대부분 내다 버렸지만 살진 쥐는 껍질을 벗겨내고 장작불에 굽기도 했다. 아버지의 쥐 사냥은 고구마를 쥐들로부터 지켜내려는 목적도 있었지만, 한겨울 핏기 없이 초췌하게 봄을 기다리고 있는 가족들을 위해서도 필요한 것이었다.

점퍼자루를 쥐구멍에 대고 M에게 신호를 보냈다. 쥐가 뛰어들기를 기다렸으나 쥐 죽은 듯이 고요했다. 나는 방안으로 들어와 귀를 기울였다. 여전히 달그락거리는 소리가 들려왔다. 소리 나는 쪽으로 가서 휴대폰 불빛을 비췄다. 뒤주 위에 늘어진 대발 끝자락이 바람에 흔들려 뒤주와 부딪치며 만들어내는 소리였다. 먹을 것도 없는 방에 쥐가 들어올 리가 만무했다. 곡식이 없으니 쥐가 없고 쥐가 없으니 고양이도 오지 않았다. 밤은 깊어가고 눈을 계속 내렸다.

기요메는 우편항공기를 몰고 안데스산맥을 횡단하다가 조난을 당한다. 영하 40도를 오르내리는 험준한 설산 계곡에 비행기가 추락한 것이다. 그는 눈에 묻힌 산맥을 빠져나오려고 사투를 벌인다.

사흘째 되던 날, 그는 눈 속을 헤매다가 기진맥진해 쓰러졌다. 저쪽에서 죽음의 그림자가 손짓하며 점점 다가오고 있었다. 그때였다. 한 여인이 그림자를 막아섰다. 아내였다.

그는 다시 고개를 들었다. 우뚝 솟은 바위가 눈에 들어왔다. 그는 안간힘을 다해 바위를 향해 기어갔다. 시신이 발견되지 않으면 아내가 사망 보험금을 탈 수 없어 눈에 잘 띄는 곳에서 죽어야 했다. 얼마 후 그는 안데스산맥 인접한 마을 근처에서 농부에 의해 구조되었다.

기요메의 생존을 위한 처절한 투쟁기는 그를 구출하기 위해 직접 비행기를 몰고 수색에 나섰던 동료 비행사인 생텍쥐페리에 의해 『인간의 대지』라는 소설로 씌어졌다.

만약 우리가 이대로 죽는다면 시체 발견도 어려울 것이다. 이 외딴집을 찾아올 사람이 아무도 없을 테니 말이다. 설사 나중에 시신이 발견되더라도 각종 매체들은 '유부남과 노처녀 교사의 정사'라는 머리기사를 달고 염문을 마구 쏟아내겠지.

휘파람을 멈췄다. 벌써 점심때가 가까워지고 있었다. 먹을 것이 없으니 점심때가 아무런 의미가 없다고 느껴졌다. 사냥 방법을 바꿔야 한다. 당장 먹이가 필요했다.

 눈 속에 고립된 것은 나만이 아니다. 새들도 폭설이라는 새장에 갇혀버린 것이다. 폭설에 뒤덮인 설원에서 새들은 아무것도 먹을 것이 없었다. 내가 먹잇감을 잡기 위해 새를 유혹하는 것처럼 새는 먹이 때문에 나에게 오는 것이다. 물고기도 미끼가 있어야 물지 않는가. 뒤주에서 쌀 몇 톨이라도 찾아내리라.

 안방으로 들어가 뒤주를 샅샅이 뒤졌다. 밑바닥에 붙어 있는 쌀은 곰팡이가 슬고 새까맣게 변질되어 아무짝에도 쓸모가 없었다. 광으로 들어가 혹시나 하고 독 안을 들여다보았다. 흙먼지만 덕지덕지 끼어있었다.

 툇마루 위쪽으로 고개를 돌렸다. 거미줄이 둘러쳐진 기둥에 매달려 있는 옥수수가 포착됐다. 눈을 번뜩이며 가까이 다가가 살펴보니 알갱이는 쥐가 파먹고 앙상한 옥수수 뼈대만 녹슨 대못에 걸려있었다. 갑자기 눈앞이 샛노래지며 현기증이 일었다.

 어두워지기 전에 빨리 새를 잡아야 한다. 나는 부엌에서 가져온 소금 알갱이를 손바닥에 올려놓고 새를 불렀다. 대나무 가지 위에서 먹이를 노려보던 참새들이 본능적으로 날아들었다. 잡았다. 아, 드디어 첫 마수를 하다니.

"문 선생, 잡았어!"

M이 툇마루로 달려왔다. 포획한 참새 한 마리를 조심스럽게 손에 쥐어주며 우리의 비상식량이니 꽉 붙들고 있으라고 했다. 이제 거래를 텄으니 새를 잡는 것은 시간문제다. 죽어가던 휘파람 소리가 되살아났다. 또 한 마리가 날아들었다. 젠장. 다리도 붙잡기 전에 재빨리 소금 한 알을 낚아채 대나무 숲으로 날아가 버렸다.

이상한 일이었다. 소금을 먹은 새가 날아간 뒤로는 새들이 가지에 앉아 고개를 갸웃거리며 경계만 할 뿐 좀처럼 가까이 오지 않았다. 곡식이 아니라 소금이라는 사실을 알려주기나 한 걸까. 새들도 자기들끼리 의사소통이 이루어지고 있을 거라는 불길한 예감이 들었다. 손을 더 길게 뻗고 배에 힘을 주어 휘파람 소리를 냈다.

포르릉. 갑자기 툇마루에서 참새 한 마리가 대숲으로 날아갔다. 깜짝 놀라 고개를 돌리자 M은 빈손을 비벼대며 겸연쩍은 얼굴로 내 눈빛을 바라보았다.

아버지는 소를 몰고 산에 올라가 풀밭에 소를 놓아두고 나무 등걸에 걸터앉아 새를 불렀다. 로댕의 생각하는 사람처럼 몸을 웅크린 채 한쪽 팔을 쭉 뻗어 하늘을 향해 손바닥을 펴고 휘파람을 불면 신기하게도 참새들이 몰려들었다. 피에로 복장을 한 어릿광대의 모습을 보려는 구경꾼들처럼 여기저기서 참새들이 날아들어 나뭇가지 위에서 눈알을 굴리며 아버지를 내려다보고 있었다. 참새 한 마리가 손가락 끝에 내려앉아 손바닥에 있는 좁쌀을 쪼아 먹었다. 아버지가 주먹만 한번 쥐었다 펴면 마술을 부리듯 손안에서 새가 나왔다. 어떤 때는 한꺼번에 두 마리도 걸려들었다.

아버지는 불길이 번져나가지 못하도록 돌멩이를 주워 촘촘히 성을 쌓고 그 안에 삭정이를 모아 불을 피웠다. 참새 몸통에다 나무꼬챙이를 꿰어 불에 대고 슬슬 돌리면 구수한 냄새를 풍기며 지글지글 기름기가 흘러나왔다. 그때를 놓칠세라 아버지는 주머니에서 소금을 꺼내 노릇노릇 익어가는 참새 몸통 위에 살살 뿌렸다. 아버지는 당신의 입보다 어린 아들의 입이 먼저였다. 아버지가 입에 넣어준 참새구이 맛은 단연 최고였다. 솜사탕처럼 입안에서 사르르 녹아버렸다고나 할까.

아버지는 휘파람으로 새를 유혹했지만 나는 새총으로 새를 잡았다. Y자 모양의 나뭇가지를 꺾어 두꺼운 고무줄을 양쪽에 달아매면 새총이 완성되었다. 참새를 겨냥해 3발을 쏘면 1발은 명중했으니 동네 개구쟁이들 축에서는 그래도 명사수로 통했다. 한번은 단발에 올빼미 머리를 쏴서 떨어뜨려 새총도사라는 별명까지 얻은 적도 있다.

손바닥에 있는 먹이가 소금이라는 사실이 새들에게 탄로가 났으니 이제 새총을 만들어야 한다. 나는 Y자 모양의 감나무 가지를 꺾었다. 이제 고무줄만 연결하면 새 사냥은 식은 죽 먹기다. 온 집안을 샅샅이 뒤졌으나 고무줄이 눈에 띄지 않았다. 팬티로 손이 갔다. 밴드 부분을 당겨보니 탄력이 너무 약했다. M의 브래지어로 생각이 미쳤다. 내가 난감한 표정으로 상황을 설명하자 M은 말없이 고개를 끄떡이며 방안으로 들어갔다.

건네받은 베이지색 브래지어에서 분리한 끈을 양쪽 가지 끝에 묶고 참새를 겨누어 힘껏 줄을 당겼다. 돌멩이가 절반도 미치지 못하고 고꾸라져버렸다.

밤이 오기 전에 빨리 새를 잡자. 이 대나무 숲은 황금어장이다. 새 중에서 가장 맛있는 새가 참새다. 참조기, 참치, 참깨, 참기름, 참나물, 참외. '참'자가 붙은 것은 다 맛있고 영양이 풍부하다. 숯도 참나무로 만든 숯을 알아주지 않는가.

참새는 맛도 으뜸이고 곤줄박이나 뱁새보다도 덩치가 크다. 소금은 이미 준비됐으니 참새만 잡으면 게임 끝이다. 조금만 더 힘을 내자. 이참에 M에게 기가 막힌 참새구이 맛을 보여주자.

새떼를 기다리다가 스르르 눈을 감았다. 손에 뭔가 걸려들었다. 참새였다. 참새를 붙들고 부엌으로 들어갔다. 장작더미 위에서 지글지글 단백질 냄새를 풍기며 참새가 익어갔다. 살살 소금을 뿌렸다. M이 다가와 참새구이를 노려보고 있었다. 참새 다리 한 개를 쭉 찢어 M의 입안에 쑥 넣어주었다. 눈 깜짝할 사이에 꿀꺽 삼킨 M은 다시 혀를 쭉 내밀었다. 내가 남아있는 다리를 치켜들고 입안에 넣으려는 순간 M이 낚아채 버렸다. 어, 내 다리. 나는 소리를 지르다가 눈을 떴다. 내가 쩝쩝 입맛을 다시자 M이 측은하게 나를 바라보며 얼른 방에 들어가서 눈을 붙이라고 등을 떠밀었다.

외딴집에 사흘째 밤이 찾아왔다. 어둠까지 삼켜버린 눈은 본색마저 잃고 더욱 거칠게 쏟아졌다. 이 기세라면 금방 눈 더미가 지붕까지 차올라 숨통을 끊어버릴 것 같았다. 눈은 이제 더는 낭만의 대상이 아니었다. 눈길에 막혀버린 걸까. 구조 헬기는 오지 않았다.

M은 아궁이 앞에 쭈그려 앉아 맥없이 장작을 밀어 넣었다. 불빛에 비친 파리한 얼굴을 보자 불길한 생각이 들었다. M이 일어서려다가 현기증이 난다며 비틀거렸다. M을 부축하여 안방으로 들어갔다.

어지러울 때 민간요법으로 소금을 먹던 일이 기억났다. 내가 막소금을 가져와 M에게 건네주자 M은 소금을 입안에 머금고는 인상을 찌푸렸다. 나는 밖에 나가 콘 모양으로 뭉쳐온 눈을 M에게 내밀었다. M은 덥석 한입 베어 먹더니 고개를 내저었다. 나는 M이 남긴 순백의 아이스크림을 다 먹어치웠다.

설평선 위로 눈덩이 같은 달이 솟아올랐다. M은 툇마루에 앉아 맥없이 달을 바라보고 있었다. 천상의 달빛에 드러난 M의 둥그렇고 뽀얀 얼굴은 지상의 달이었다. 나는 M에게 지금 시화전을 열자고 말했다. M은 어이가 없다는 듯 나를 쳐다보더니 그림도 시도 관객도 없는데 무슨 시화전이냐며 피식 웃었다. 나는 안방에 있는 호수 그림 여백에다 내가 시를 쓰면 되고, 관객으로 저 달을 초대했다고 말했다. 역시 시인답다며 M이 나를 추켜세웠다. 나도 베어먼 노인처럼 누군가를 위해 걸작을 남기고 싶다고 속내를 털어놓자 M의 표정이 굳어졌다.

나는 눈을 뭉쳐 만든 둥그런 케이크에다 손가락으로 '축 시화전'이라고 새겼다. 연필 모양의 관솔에 불을 붙여 케이크 위에 꽂은 다음 케이크를 캔버스 옆으로 가져갔다. 청호의 설경(雪景)이 관솔 불빛에 희미하게 나타났다.

나는 붓에 검정 물감을 찍어 그림 여백에 '한계령을 위한 연가'라고 썼다. 손끝이 떨려 붓이 흔들거렸다. 길게 한번 숨을 내쉬고 호흡을 멈춘 다음 제목 아래쪽에 어렵사리 점 두 개를 찍었다.

M이 작품에 사인을 하고 나서 내게 붓을 내밀었다. 이니셜 M 옆에 미완성한 반쪽짜리 하트 모양이 눈에 들어왔다. 내 손끝에서 "M♡L"이라는 낙관이 완성되자 M의 얼굴에 잠시 화색이 돌았다.

가난한 내가
아름다운 나타샤를 사랑해서
오늘 밤은 푹푹 눈이 나린다

나타샤를 사랑은 하고
눈은 푹푹 날리고
나는 혼자 쓸쓸히 앉어 소주를 마신다
소주를 마시며 생각한다
나타샤와 나는
눈이 푹푹 쌓이는 밤 흰 당나귀 타고
산골로 가자 출출이 우는 깊은 산골로 가 마가리에 살자

눈은 푹푹 나리고
나는 나타샤를 생각하고
나타샤가 아니 올 리 없다
언제 벌써 내 속에 고조곤히 와 이야기한다
산골로 가는 것은 세상한테 지는 것이 아니다
세상 같은 건 더러워 버리는 것이다

눈은 푹푹 나리고
아름다운 나타샤는 나를 사랑하고
어데서 흰 당나귀도 오늘 밤이 좋아서 응앙응앙 울 것이다

나는 시화전 기념으로 M이 가장 좋아하는 백석 시인의 「나와 나타샤와 흰 당나귀」를 낭송했다.

가물거리는 관솔불에 청호가 나타났다가 사라졌다. 한참 동안 우두커니 서서 작품을 지켜보던 M이 나를 껴안았다. M의 체취가 온몸으로 스며들며 움츠렸던 세포들이 꿈틀거리기 시작했다.
모든 것이 눈 때문이었다. 나는 어디서부터 눈이고 어디

까지가 하늘인지 분간하기 어려운 설평선처럼 삶과 죽음의 경계도 모호하리라고 생각했다.
 휘히휙, 휘히휙.
 휘파람 소리에 새 떼들이 몰려오고 있었다.

풍금 소리

칠보암 앞길을 막 지나가려다가 나는 무엇에 홀린 듯 암자를 응시했다. 손등으로 눈을 비비고 나서 재차 바라보았다. 분명 허상을 본 게 아니었다. 장독대 앞 빨랫줄에 회색 승복 대신 분홍색 하트 무늬가 새겨진 흰색 잠옷이 널려 있었다. 이상한 일이었다. 한참 동안 낯선 잠옷의 주인공을 상상하다가 밤나무 숲으로 발길을 돌렸다.

 숲속에 들어서자 탐스러운 알밤들이 하나둘씩 모습을 드러냈다. 밤송이에서 갓 빠져나온 포동포동한 알밤들이 까까머리 동자승처럼 옹기종기 모여 가을 햇살을 즐기고 있었다. 아직은 엄마 품을 떠나기가 두려운지 밤송이 안에서 삐죽 얼굴을 내밀고 있는 밤톨들도 눈에 띄었다.

내가 밤 줍기에 나선 것은 어머니 때문이었다. 책상머리에 앉아 잡지사에 보낼 원고를 가다듬고 있는데 어머니가 다가와 어렵게 운을 떼었다. 어제 장씨 할머니가 집에 병문안 왔는데, 자기 아는 사람이 밤을 먹고 신장병에 효험을 봤다더라며 시장에서 파는 밤보다 산에서 직접 주운 밤이 더 약이 되지 않겠냐는 것이었다.

몇 해 전부터 신장병으로 투병 중인 어머니는 기력이 쇠하여 거동조차 불편했다. 어머니는 요구 사항이 있을 때면 아들에게 눈치가 보여서인지 직접 부탁하기보다는 남 이야기하듯 '~하더라' 식의 어머니만의 문법을 구사했다.

한참 밤을 줍다가 바위에 걸터앉았다. 갑자기 아래쪽에서 부스럭거리는 소리가 났다. 한눈에도 미모가 훤칠한 여인이 알밤을 주우며 점점 다가오고 있었다. 그녀는 나를 한번 힐끔 쳐다보고는 약수터 쪽으로 발길을 돌렸다.

다음날, 아침을 먹자마자 밤나무 숲으로 달려갔다. 이슬에 젖은 알밤들이 나뭇잎 사이로 삐뚜름히 내비친 햇살에 별처럼 반짝거렸다.

저 멀리서 밤을 줍고 있는 여인이 눈에 띄었다. 나는 숨죽이며 그녀가 가까이 오기만을 기다렸다. 그녀가 다가왔을 때 나는 그만 맥이 풀려버렸다. 호랑이 무늬처럼 얼룩덜룩한 몸빼바지 차림의 아주머니가 나는 거들떠보지도 않고 알밤을 줍는 데만 눈이 팔려있었다.

나는 그녀의 몫까지 주울 요량으로 아주머니를 앞질러 가며 부지런히 손을 움직였다. 꾹꾹 눌러 담은 밤 봉지를 들고 서성거렸으나 그녀가 나타나지 않았다.

천관녀에게 마음을 빼앗긴 김유신은 말을 타고 무시로 그녀의 집에 드나들었다. 이를 눈치챈 어머니는 아들을 호되게 꾸짖었고, 김유신은 천신만고 끝에 그녀와 발길을 끊었다. 어느 날 술에 취한 김유신이 말안장에 앉아 잠이 들었는데 눈을 떠보니 천관녀의 집이었다.

아침 식사가 끝나면 발길은 내 의사와는 상관없이 만덕산 밤나무 숲을 향해 내달렸다.

이윽고 숲속 오솔길을 따라 그녀가 나타났다. 그녀는 나를 가로질러 능선을 향해 이동했다.

"아악!"

그녀가 시야에서 사라지고 나서 일 분도 채 지나지 않아 비명소리가 들려왔다. 나는 소리 나는 곳을 향해 잽싸게 뛰어갔다. 그녀가 두 손으로 목을 움켜쥔 채 주저앉아 벌벌 떨고 있었다. 내팽개친 봉지 바로 앞에 커다란 벌집이 찔레

덩굴에 매달려 있었다. 머리가 황갈색인 말벌들이 둥그런 벌집에 해바라기 씨앗처럼 달라붙어 금방이라도 공습할 태세로 날개를 펼쳐보였다.

나는 그녀를 안고 필사적으로 달음질쳤다. 윙윙 소리를 내며 벌들이 뒤쫓아왔다. 30미터쯤 내달려 벌의 추격을 따돌리고 그녀를 풀밭에 앉혔다. 그녀는 목덜미를 만지며 몹시 고통스러운 표정을 지었다.

나는 그녀에게 당장 벌침과 독을 빼내지 않으면 생명이 위험하다고 말했다. 나는 지갑에서 신용카드를 꺼내 그녀의 목에다 대고 벌침을 밀어 올렸다. 이제 독기를 제거할 차례다. 나는 그녀에게서 뽑아낸 적갈색 벌침을 보여주며 독이 심장으로 퍼지기 전에 빨리 독기를 빨아내야 한다고 설명했다. 살결에 입술을 최대한 밀착시켜 힘을 주자 비릿한 냄새와 함께 피 맛이 느껴졌다.

응급처치가 끝나고 나서 그녀는 내 이마를 손가락으로 가리키며 겁에 질렸다. 그녀를 치료하느라 내 이마에 박힌 벌침을 빼내지 못해 피부가 벌겋게 부어오르며 후끈거렸다. 나는 벌독에 대한 내성이 강하니까 괜찮다며 애써 미소를 지었다. 산골에서 자라다 보니 땅벌에다 왕벌까지 벌침 맛을 다 봤으니 자연스럽게 벌독 백신 접종을 한 셈이다.

다음날, 밤나무 숲에 도착하자 그녀가 먼저 와 있었다.

"선생님, 어제 정말 감사했어요!"

그녀가 내뿜는 천상의 목소리에 문득 가와바타 야스나리의 『설국』에 등장하는 순수하고 지고한 순정을 지닌 요코가 내 앞에 나타난 것 같았다.

열차가 눈 덮인 신호소에 멈춰 섰을 때, 묘령의 여인 요코가 차창을 열고 '역장님!'하고 부르는 소리를 듣고 시마무라는 '슬프도록 아름다운 목소리'라고 묘사하지 않았던가.

그녀의 목덜미에 키스 자국이 선명하게 남아있었다. 그녀는 아직 부기가 빠지지 않은 내 이마를 보고는 괜찮겠냐며 얼굴을 찡그렸다.

"절세미인을 구해낸 대가로 얻은 계급장인데 괜찮다마다요."

내가 능청을 떨자 그녀가 활짝 웃었다.

"선생님, 차 한잔 하실래요?"

그녀가 배낭에서 보온병을 꺼냈다. 나는 그렇잖아도 차 생각이 났다며 한 수 거들었다. 그녀는 황국 문양이 새겨진 잔에 찻물을 따랐다. 국화 향기가 풍겨왔다.

"자, 당신의 눈동자에 건배!"

나는 그녀와 찻잔을 맞대며 목청을 높였다.

"아, 그 영화 보셨군요. 카사블랑카?"

"아이구, 폼 좀 잡으려다 들켜버렸네요."

나는 머리를 긁적거렸다.

"그렇게 명대사를 읊어주시니까 내가 잉그리드 버그만이 된 것 같아 기분이 좋은데요."

그녀는 빙그레 웃으며 찻잔을 입에 갖다 댔다.

"선생님은 카사블랑카 어떤 장면이 가장 기억에 남아요?"

차를 한 모금 마시고 나서 그녀가 물었다.

"음, 안개 자욱한 공항에서 릭으로 분장한 험프리 보가트가 일자라는 연인, 그 잉그리드 버그만을 떠나보내는 장면?"

"어머, 저도 그 엔딩 신 잊지 못해요. 트렌치코트를 입은 릭이 공항에서 점점 멀어져가는 비행기를 바라보고 있는 장면은 아직 내 가슴 속에서 떠나지 않았어요, 아마 내가 죽을 때까지 엔딩되지 않을 걸요."

"아, 선생님, 그 주제곡 생각나세요. 흑인 가수 샘이 피아노를 치며 부르던 As time goes by 말이어요."

You must remember this

A kiss is still a kiss

그녀가 흥얼거리자 내가 기다렸다는 듯이 끼어들었다.

A sigh is just a sigh

The fundamental things apply as time goes by

And when two lovers woo

They still say "I love you"

어느새 우리의 목소리가 하모니를 이루며 숲속으로 울려 퍼졌다.

나는 그녀와 다시 잔을 마주쳤다. 은은한 국화 향미가 온몸으로 스며들며 세포들이 꿈틀거렸다. 소슬바람에 낙엽이 떨어졌다. 그녀는 찻잔에 진 황금빛 낙엽을 꺼내 들고 신기하다는 듯 찬찬히 들여다보았다.

"그거 혹시 무슨 나뭇잎인지 아세요?"

내가 조심스럽게 묻자 그녀는 고개를 가로저었다.

"팥배나무 단풍잎인데요. 열매가 익으면 팥처럼 생겨서 그런 이름이 붙었지요. 저 위에 한번 보실래요?"

나는 나뭇가지 끝에 다닥다닥 매달려 햇빛에 반짝거리는 선홍색 열매를 가리켰다.

"와우! 신기하네요. 정말 팥하고 똑같이 생겼어요."

"선생님, 직업이 식물과 관련된 일(?) 맞나요?"

한참 후에 그녀는 열매에서 눈을 떼더니 입을 열었다.

"식물이나 자연에서 영감을 얻기도 하니까 전혀 무관하

다고는 할 수 없죠."

"그럼 작가님?"

나는 고개를 끄덕이며 소설가라고 말했다.

"어머, 멋져요! 저도 작가가 되고 싶어요."

그녀는 부럽다는 듯 나와 눈길을 마주쳤다.

나는 조심스럽게 그녀의 직업을 물어보았다. 그녀는 목포에서 피아노 학원을 운영하다가 건강이 좋지 않아 휴양차 칠보암에 오게 되었고, 칠보암에 사는 여승은 자신의 이모라고 했다. 그리고 자기 별명이 밤순이라고 불릴 만큼 어려서부터 밤을 좋아했는데, 이모가 만덕산 밤이 맛있다고 알려주어 운동 겸해서 밤을 주우러 다닌다며 슬슬 이야기를 꺼내놓기 시작했다.

그녀는 죽기 전에 소설을 한번 써보고 싶다면서 어떻게 하면 글을 잘 쓸 수 있냐고 물었다. 나는 세상에는 공짜가 없다고 너스레를 떨며 그녀에게 몇 년 동안 학원을 운영했으며, 대학 졸업하고 곧바로 개업했는지 물었다. 그녀는 음대를 졸업하자마자 학원을 차렸는데 벌써 19년이 됐다고 말했다. 머리를 굴려보니 그녀는 나보다 어림잡아 두세 살 정도 연하였다. 이런저런 이야기를 나누던 중 그녀가 미혼이라는 사실도 알게 되었다. 그녀는 학원 수강생들이 주로 애들이고 여자이다 보니 아직 데이트 상대를 못 만났다며 멋쩍게 미소를 지었다.

"어머, 내가 별소리를 다했네. 작가님 얘기도 좀 해주세요. 네?"

그녀는 벌겋게 달아오른 볼을 두 손으로 감싸며 입을 열었다.

나는 대학원에서 소설을 전공했고 현재 장편소설을 집필하고 있다고 말했다. 팔순 노모와 함께 사는 노총각이란 비밀도 공개해 버렸다.

"지금 쓰고 있는 소설은 어떤 내용이어요. 작가님?"

"소방관의 삶을 모티브로 한 작품인데, 화재 현장에서 요구조자가 단 1%의 생존 가능성만 있어도 자신의 목숨을 내팽개치고 불길 속으로 뛰어드는 소방관들의 운명을 다루고 있죠."

그녀는 고개를 끄덕이며 하루빨리 내가 쓴 소설을 읽고 싶다고 했다.

"작가님, 혹시 좋아하는 피아노곡 있으세요?"

"엘리제를 위하여!"

그녀의 질문에 나도 모르게 대답이 튀어나왔다.

"어머나, 저도 그 곡 좋아해요. 작가님!"

그녀는 해맑은 미소를 지으며 나를 바라보았다.

"풍금 연주도 해보셨어요?"

나는 무겁게 입을 열었다.

"그럼요. 제가 풍금 소리를 엄청 좋아하거든요."

그녀는 마치 기다렸다는 듯 말을 꺼냈다.

초등학교 선생님이던 어머니가 그녀에게 풍금을 가르쳐 주었다며, 엘리자를 위하여는 달밤에 연주하면 제격이라고 양 손가락으로 건반 누르는 시늉까지 했다.

"혹시 집이 개…."

나는 중학교 때 집이 개천 옆에 있지 않았냐고 물어보려다가 목소리를 꾹 삼켰다.

고2 때 어느 가을날이었다. 야간자율학습을 마치고 밤늦게 귀가하는데 어디선가 풍금 소리가 들려왔다. 나는 무엇에 홀린 듯 골목길을 따라 소리를 좇다가 붉은 벽돌집 앞에서 걸음을 멈췄다. 끊어질 듯 이어질 듯 창문을 빠져나온 '엘리제를 위하여' 선율이 달빛을 타고 은하수로 흘러들고 있었다.

나는 배고픔도 잊은 채 물에 빠진 사람처럼 그 소리를 붙잡으려고 허우적거렸다. 창문에 어른거리는 소녀의 실루엣을 바라보며 아름다운 그녀와 행복하게 사는 모습을 상상했다. 그녀의 풍금 소리를 들으며 생을 함께할 수만 있다면 세상에 아무것도 부럽지 않을 거라는 생각마저 들었다.

나는 그날 이후 야간자율학습이 끝나기만을 기다렸다. 책장을 넘겨도 온통 그녀의 얼굴뿐이었다.

매일 밤, 엘리제를 만나러 가는 길은 꽃길이었다. 개천가에 버려진 쓰레기 더미에서 풍겨오는 악취마저도 향기로 변했다. 개천에 비친 달님을 따라 골목 어귀로 들어서면 그녀의 집이 있었다.

야간자율학습 시간에 몰래 쓴 쪽지를 가방에 넣고 쫓기듯이 교문을 빠져나왔다. 숨을 헐떡이며 어느새 그녀의 집 앞에 다다랐다.

그녀의 창문에는 어둠이 짙게 드리워져 있었다. 불 꺼진 창문을 바라보며 한참 동안 서성거렸다. 나는 주머니에서 쪽지를 꺼내 떨리는 손으로 창문 틈으로 조심스럽게 밀어 넣었다.

다음날도 그 다음날도 어찌된 일인지 풍금 소리가 들려오지 않았다.

"작가님, 이 밤송이에는 왜 밤톨이 하나밖에 없어요?"

끝이 뾰족한 막대기로 밤송이를 까던 그녀가 이상하다는 듯 물었다.

"아, 그건 외톨밤이라고 불러요. 보통 밤송이에는 알밤

세 톨이 들어있는데 하나뿐이라 그런 이름이 생겼지요. 밤이 커서 왕밤이라고도 하죠."

나는 도토리처럼 작은 알밤을 주워 그녀에게 건네주며 이건 도톨밤이라고 알려주자 그녀는 손바닥 위에 올려놓고 자세히 들여다보았다.

정오쯤에 그녀는 볼일이 있다며 서둘러 내려갔다. 몸살기가 있어서 내일은 집에서 좀 쉬겠다고 했다. 나는 몸을 움직여야 건강에 도움이 된다며 내일 나오면 알밤 봉지를 가득 채워주겠다고 하자, 그녀는 내 청을 거절하기 딱했던지 오전만 쉬고 오후에 나오겠다며 방긋 웃었다.

점심을 먹는 둥 마는 둥 하고 밤나무 숲으로 갔다. 만덕산 꼭대기에서 먹구름이 일고 있었다. 산비탈에 군데군데 피어있는 연보랏빛 쑥부쟁이를 한 아름 꺾었다. 한가운데에다 샛노란 산국으로 하트 모양을 만들어 포인트를 주었다. 칡넝쿨로 손잡이 부분을 동여매자 세상에서 단 하나뿐인 꽃다발이 만들어졌다.

꽃다발을 들고 바위 뒤에 몸을 숨긴 채 그녀를 기다렸다. 새하얀 어수리꽃이 뭉게뭉게 피어오르는 꽃구름 사이로 그녀가 사뿐사뿐 걸어오는 모습이 보였다. 입술이 바짝바짝 타들어갔다. 나는 그녀에게 불쑥 다가서며 꽃다발을 내밀었다. 그녀는 멈칫하며 나를 바라보다가 꽃다발을 받아들고는 눈시울을 붉혔다.

우린 마주 앉아 짠하고 찻잔을 부딪쳤다. 그녀는 차를 마시면서도 꽃다발을 안고 있었다. 나는 꽃다발의 꽃 이름과 쑥부쟁이는 꽃말이 그리움, 기다림이고 산국의 꽃말은 순수한 사랑이라고 설명을 덧붙이자, 그녀는 어쩜 그렇게 꽃말도 예쁘냐며 가녀린 손으로 꽃다발을 쓰다듬었다.

찻잔을 입으로 가져가던 그녀가 맞은편에 있는 밤나무를 뚫어지게 쳐다보았다. 다람쥐 한 마리가 알밤을 입에 물고 밤나무 가지에 걸터앉아 불청객을 주시하고 있었다. 다람쥐는 우리와 시선이 마주치자 주르르 나무를 타고 내려와 숲속으로 달아났다. 다람쥐가 사라진 숲속을 물끄러미 바라보던 그녀가 겨울엔 다람쥐는 뭘 먹고 사냐고 걱정스러운 듯 입을 열었다. 나는 다람쥐는 겨울철을 대비해 땅속 여기저기에 밤이나 도토리를 숨겨놓고 조금씩 꺼내먹으며 겨울을 난다고 말했다. 가끔은 다람쥐들이 먹이 저장고를 찾지 못해 도토리나 알밤들이 기적적으로 살아남아 새싹을 피워낸다고 말하자, 그녀는 호기심 가득한 눈망울로 나를 빤히 쳐다보았다.

내가 다람쥐의 구애 행위를 설명하려던 참에 그녀가 잠

깐 실례하겠다며 일어섰다. 덤불 사이로 몸을 숨기는 그녀를 향해 함부로 소변을 보다가는 독사에게 물릴 수 있다고 엄포를 놓자 그녀가 주춤했다. 나는 연분홍 물봉선 꽃이 무리 지어 피어있는 쪽을 가리키며 바로 저기가 안전지대라고 말했다. 그녀는 말뜻을 알아차리지 못하고 난처한 표정을 지었다. 저 꽃은 봉숭아와 같은 종류인 물봉선이라는 꽃인데, 뱀이 싫어해 금사화(禁蛇花)라고도 부르며, 예부터 시골에서는 뱀이 접근하지 못하게 장독대에 봉숭아를 심었다고 하자 그녀는 조심조심 물봉선 군락지로 들어갔다.

"작가님, 어떻게 하면 작가님처럼 식물 이름을 잘 알 수 있어요?"

자리에 돌아오자마자 그녀가 물었다.

"쉽고도 어려운 질문인데요. 조금 시적으로 한번 대답해 보죠. 내가 쑥부쟁이 속으로 들어가면 쑥부쟁이는 내 안으로 들어와요. 그 순간부터 나는 쑥부쟁이로 살고 쑥부쟁이는 나로 살아가는 겁니다."

"와, 정말 시적이네요!"

그녀가 박수를 쳤다.

    자세히 보아야 예쁘다
    오래 보아야 사랑스럽다

너도 그렇다

　내친김에 나는 나태주 시인의 「풀꽃」을 낭송하며 분위기를 띄웠다.
　산 주인은 우리가 아니라 꽃과 나무들이니까 산에 와서 그들의 이름을 불러주면 친구가 되지만, 이름을 모르면 한낱 이방인으로 머물다 간다고도 귀띔해주었다.

　그녀는 작가님처럼 식물 이름을 많이 알면 글쓰기에 도움이 되냐고 물었다. 나는 어떤 장면을 묘사할 때 꽃이나 나무를 배경으로 내걸면 이미지가 돋보일 뿐만 아니라, 주인공의 심리 상태를 객관적 상관물인 식물에 감정이입할 때도 식물의 특성을 꿰뚫고 있으면 도움이 된다고 말했다.
　나는 박범신 작가가 『은교』라는 소설에서, 17세 여고생인 은교의 이미지를 쇠별꽃으로 비유해 풋풋한 청순미를 상징적으로 그려냈는데, 독자도 쇠별꽃을 모르면 은교에 대한 묘미를 제대로 느낄 수 없을 것이라고 예를 들어 설명했다. 그리고 쇠별꽃은 봄에 한반도 들녘 어디에서나 눈만 크게 뜨면 볼 수 있고, 뜨개실처럼 가느다란 연두색 줄기에 붙어있는 좁쌀 크기의 흰 꽃을 들여다보면, 은교의 얼굴과 비릿한 체취가 느껴진다고도 말해주었다.

어릴 때, 어머니는 들에서 갓 채취해 된장에다 버무린 쇠별꽃 나물을 식탁에 올렸는데 상큼하고 아삭아삭한 식감을 지금도 잊을 수가 없다. 사실 그땐 맛보다는 허기를 달래려고 쇠별꽃 나물을 즐겨 먹었다. 쇠별꽃으로 된장국을 끓이면 향긋한 냄새가 집안 곳곳에 스며들었다.

"라일락 이파리 깨물어 본 적 있어요. 선생님?"
그녀는 대답 대신 고개를 가로저었다.
"맛이 어떨 것 같아요?"
"아마 달달하지 않을까요. 라일락 향기처럼."
"대부분 그렇게 생각하는데 엄청 써요. 숨을 못 쉴 정도로요."
"달콤한 향기하고 전혀 매치가 되지 않네요. 작가님."
"그런가요. 내가 뜬금없이 라일락을 꺼낸 이유가 따로 있죠. 톨스토이가 『부활』이라는 소설에서 라일락을 끌어들이는데요. 주인공 네플류도프가 논문을 쓰려고 고모 집에 들렀다가 하녀인 카추샤를 보고 첫눈에 반합니다. 두 사람은 술래잡기 놀이를 하던 중 라일락 숲속에서 서로 키스를 나누게 되죠. 그런 후 카추샤는 저만치 달아나서 라일락 가지를 꺾어 벌겋게 달아오른 자신의 얼굴을 두드리며 손을 흔들어 보이죠. 쓰디쓴 첫사랑의 결말을 암시하고 있다고나 할까요. 라일락 꽃말이 첫사랑이거든요."

"와우! 작가님, 라일락에 그런 깊은 뜻이 숨어있다니 참 신기하네요."

나는 톨스토이의 『전쟁과 평화』에 대해서도 말을 꺼냈다.

"작가는 떡갈나무로 주인공인 안드레이의 심경을 대변하는데 그 솜씨가 역시 대문호답다는 생각이 들어요. 나타샤를 만나기 전엔 길가에 축 늘어져 있던 떡갈나무가, 나타샤를 만나고 돌아오는 길에는 생기가 넘치는 걸로 묘사하거든요. 전쟁의 상흔과 아내의 죽음으로 실의에 빠져있던 안드레이가 나타샤를 보고 나서 삶의 활력을 되찾는 과정을, 서술자의 감정을 직접 드러내지 않고 떡갈나무를 통해 미적 거리를 잘 살려낸 거죠."

"어머, 작가님 강의를 들으니 제가 지금 문창과 수강생 같은 기분이 드는걸요."

그녀는 자기도 식물에 해박한 작가가 되고 싶다면서 종종 강의를 부탁드린다고 했다. 내가 맨입으로는 응할 수 없다고 고개를 내젓자 그녀는 금세 시무룩해졌다. 날마다 차를 타주면 한번 생각해보겠다고 뜸을 들이자 그녀가 웃으며 손을 내밀었다.

"작가님, 이 나무 이름 뭐예요?"

앞에서 알밤을 줍던 그녀가 보디빌더의 근육처럼 울퉁불퉁한 회갈색 수피를 어루만지며 말을 걸었다

"아, 그 나무, 그 나무는 보통 나무가 아니라서 함부로 이름을 알려줄 수 없는데."

그녀는 궁금해 죽겠다며 힌트를 좀 달라고 보챘다. 나는 그녀에게 밤을 줍다가 똑같이 생긴 나무를 만나면 그 앞에 '서'라고 명령했다. 그녀가 몇 발자국 걷더니 서어나무를 발견하고는 우뚝 서서 나를 바라보았다. 나는 아까 이미 이름을 가르쳐주었다고 딴청을 부리자 그녀는 이마를 만지작거렸다. 내가 그 나무를 보면 '서'고 하지 않았냐며 정답은 시이나무인데 서나무라고도 부른다고 하자, 그녀가 배를 움켜쥐고 웃음을 터뜨렸다.

그녀는 두 팔로 서어나무를 껴안으며 야성미가 철철 넘친다고 했다. 나는 나뭇결이 희고 매끄러운 자작나무가 숲속의 공주라면 서어나무는 숲속의 왕자라고 소개했다.

나무들도 종을 보존하려고 끊임없이 진화하는데, 결국 강인한 서어나무가 숲의 생존 경쟁에서 최후까지 살아남아 숲을 지킨다며 나는 다부진 대흉근을 잔뜩 부풀려 보였다.

"우르르르 꽝~ 우르르르르."

먹구름이 하늘을 뒤덮더니 천둥소리와 함께 장대비가 쏟아졌다. 숲속은 순식간에 어두워져 몇 미터 앞을 분간하기가 어려웠다. 공포에 질린 그녀는 필사적으로 칠보암을 향해 내닫기 시작했다. 나도 그녀를 뒤따랐다. 금세 옷이 젖어 피부에 찰싹 달라붙었다. 한참을 달려 내려가자 숲속에 둘러싸인 암자가 나타났다.

암자에 도착한 그녀는 가슴에 손을 얹고 잠시 숨을 고르더니 방으로 들어가 옷을 갈아입고 나왔다. 처마 밑에서 부들부들 떨고 있는 내가 안쓰러워 보였던지 얼른 방에 들어가 옷을 갈아입으라고 했다.

"여, 여승 아아, 안 계세요?"

"친척 결혼식 때문에 대구 내려갔어요."

내가 말을 더듬거리자 그녀가 씽긋 웃으며 대답했다.

속옷까지 다 벗었으나 내가 갈아입을 옷은 없었다. 우선 아랫목에 펼쳐진 꽃무늬 이불 속으로 알몸을 숨겼다.

그녀가 방문을 노크했다. 아궁이에다 말린다며 젖은 옷을 달라고 했다. 나는 주섬주섬 옷을 챙겨 이불을 몸에 두르고는 미닫이문을 반쯤 열었다. 그녀가 아궁이에다 참나무 장작을 밀어 넣고 있었다. 어둑어둑한 사위로 반딧불처럼 불티가 날아들었다. 이제 옷마저 그녀에게 빼앗겨 버렸으니 나는 무장해제가 된 포로나 다름없었다.

원목 무늬 장판 바닥에 이불을 뒤집어쓴 채 거북이처럼 삐쭉 고개를 내밀었다. 옷걸이에 걸린 그녀의 옷가지로 시선이 쏠렸다. 흰색 원피스와 검정 치마, 군데군데 핑크색 하트 무늬가 새겨진 흰색 잠옷이 하나하나 베일을 벗으며 모습을 드러냈다.

창문 쪽으로 고개를 돌렸다. 우르르 쾅. 번갯불이 번쩍거리며 풍금 실루엣이 나타났다. 우르르 쾅쾅, 창문을 뒤흔드는 천둥소리와 함께 스테인드글라스 색조처럼 고색창연하고 신비스러운 빛이 풍금 위로 마구 쏟아져 내렸다.

그녀의 기침 소리가 연거푸 들려왔다. 나는 문틈으로 밖을 내다보았다. 그녀가 입에 갖다 댄 손수건에 시뻘건 피가 배어있었다. 내가 창문을 젖히고 병원에 가자고 하자, 그녀는 비를 맞아서 그런다며 괜찮아질 거라고 했다.

노크 소리가 들렸다. 그녀가 조심스럽게 문을 열고는 찻잔을 들이밀었다. 그녀는 장작에 불이 붙었으니 조금만 기다리면 방바닥이 따뜻해질 거라며 애써 웃음 지었다. 나는 잉걸불처럼 후끈 몸이 달아올랐다.

찻잔에서 연잎 향기가 풍겨왔다. 빗줄기가 굵어지며 거세게 유리창을 내리쳤다. 찻잔의 온기가 온몸으로 스며들자 스르르 눈이 감겼다.

어디선가 풍금 소리가 들려왔다. 나는 끊어질 듯 이어질 듯 '엘리제를 위하여' 선율 속으로 점점 빠져들었다.